ハーレクイン文庫

シンデレラの出自

リン・グレアム

高木晶子 訳

JN179034

HARLEQUIN
BUNKO

A RING TO SECURE HIS HEIR

by Lynne Graham

Published by Harlequin Japan, a Division of K.K. HarperCollins Japan, 2025

シンデレラの出自

◆主要登場人物

ロージー・グレー……………………………オフィス清掃会社の作業員。

ジェニー・グレー…………………………ロージーの母親。故人。

ゾーイ………………………………………ロージーの同僚。

バネッサ・ジャンセン……………………ロージーの雇主。

メラニー……………………………………ロージーの元フラットメイト。愛称メル。

ジェイソン・スティール…………………メラニーの元ボーイフレンド。

トロイ・セフェリス………………………ロージーの父親。故人。

ソクラテス・セフェリス…………………ロージーの祖父。

ソフィア……………………………………ロージーの伯母。ソクラテスの娘。

アレクシウス・コロボス・スタブローラキス……ソクラテスの名づけ子。大企業経営者。

愛称アレックス。

デミトリー・バクロス……………………アレクシウスの友人。医師。

アドリアナ・レスリー……………………アレクシウスの元ガールフレンド。

ヤニーナ・デマス…………………………アレクシウスの友人。愛称ニーナ。

1

「頼みを聞いてくれないか」名付け親のソクラテス・セフェリスにそう言われて、アレクシウス・スタブローラキスはすぐさま彼のもとに飛んでいった。ソクラテスはなぜか頼みごとの内容を明かさず、電話では言えないと言葉を濁した。

アレクシウスは三十一歳。身長百八十六センチで運動選手のような見事な体を持ち、リムジンはもとより、たくさんの不動産や自家用ジェット機を所有し、いつもボディガードを従えている。大金持ちの独身男性で、つねにマスコミの注目の的。仕事の上では非情で、攻撃的なことで知られていた。絶対に人の言いなりにはならないアレクシウスだが、七十五歳になるソクラテスだけは別だった。何年もイギリスの寄宿学校に預けられていた子ども時代、唯一面会に来てくれたのがソクラテスだったからだ。

ソクラテスは一代で財を築いた億万長者で、今は世界中にホテルチェーンを持つが、私生活は決して順風満帆とは言えなかった。愛する妻は三人目の子どもと引きかえに命を落とし、遺《のこ》された子どもは甘やかされて、心優しい高潔な父を困らせるどうしようもない大人に育った。それを見てきたアレクシウスは、子どもなど持つものではないと心に刻みこんでいた。手に負えず、面倒ばかり起こすのが子どもだ。いないほうがずっと心穏やかに暮らせるのに、生活を乱す要因でしかない子どもを欲しがる友人たちの気が知れないと思っていた。彼はそんな間違いは絶対に犯すまいと決めている。

アテネ郊外の豪華な邸宅を訪れた彼は、アームチェアに腰を下ろしたソクラテスに迎えられた。彼が腰を下ろすよりも早く、飲み物が運ばれてきた。

「それで?」アレクシウスはハンサムな顔に真剣な表情を浮かべた。女性をとろけさせる魔力を持つ銀色がかった瞳は、いつものようにクールだった。「一体何があったんです?」

「相変わらずせっかちだな」しわの刻まれた顔の中で、そこだけは輝きを失っていない瞳が楽しげにきらめいた。「まずはこれを飲んで、ファイルに目を通してくれ」

アレクシウスは飲み物には手をつけず、いらだった仕草で前に置かれていた薄いファイルを手に取った。最初のページにはどことい って特徴のない、青ざめた若い女性の上半身の写真があった。「この女性は?」

「先へ読み進めてくれ」

アレクシウスはうんざりしたように小さくため息をついてページをめくった。ロージー・グレーという名に覚えはなく、読んでもさっぱり理解できない。

「ロージーというらしい」ソクラテスがぼんやりと物思いにふけりながら言った。「亡くなった妻もイギリス人だった。洗礼名はローズだったよ」

ファイルを読んで、アレクシウスはますます混乱した。ロージーと呼ばれる女性はロンドンで育てられ、今は清掃作業の仕事をしている。つましい暮らしのようだ。なぜソクラテスが興味を示すのか理解できなかった。

「その子は私の孫だ」アレクシウスの心を読んだように、ソクラテスが言った。

「まさか。だまされているのでは？」

「すぐさまそう言える君だからこそ、この仕事を頼みたいんだ」ソクラテスは満足したように言う。「別にだまされてはいないさ、アレクシウス。この子は私の存在さえ知らない。この子のことを知りたい。だから君を呼んだんだ」

アレクシウスは改めて写真を見た。美人とは言えない平凡な顔立ちだ。白っぽい金髪に、ぼんやりと見開かれた大きな瞳。決して印象には残らない顔だ。「なぜこの女性が孫だと？」

「十五年前からわかっていた。ＤＮＡ鑑定も済んでいる。トロイの子どもだ。ロンドンのホテルで働いていたときにできたんだ。いや、働いていたといえるかどうかは疑問だが」ソクラテスは乾いた声で笑う。「結婚もしなかった。実は相手を捨てたんだ。トロイが死んだあと、その女性が経済的な援助を求めてきた。母子には相応の金をやったが、子どもはその恩恵に浴すことはなく、養い親に育てられた」

「気の毒に」

「気の毒どころではない。この子はあらゆる苦労をして育った。私は気がとがめているんだ。本来家族の一員で、私の相続人でもあるのに」

アレクシウスはあきれた声を出さずにいられなかった。「相続？　すでに家族がいるのに、会ったこともない孫をそんなふうに見ているんですか？」

「娘には子どもがいないし、別れた三人の夫さえ手に負えなかったような浪費癖の持ち主だ。息子はトロイを亡くし、残りのもう一人は薬物依存症で、何度も入院したが立ち直れそうもない」

「でも男の子の孫が二人も……」

「親に似て金遣いが荒く、まったく信用できない孫たちだ。しかも働かせている私のホテルで使いこみをした嫌疑がかけられている。あいつらに遺産を遺す気はない。だが、もし孫娘がちゃんとした子なら、相続させてもいいと思っている」

「ちゃんとした？　それはどういう意味です？」

「心がまっすぐでまともな子なら、ここに迎えて一緒に住むつもりだ。それを判断するのにふさわしい人物は君しかいない」

「僕が？　関係ない僕に頼むより、ご自分で会われたらどうです？」アレクシウスは混乱し、黒い眉をぐっと寄せた。

「いや、初めから私が会ったら、相手も体裁を取りつくろおうとするだろう。特に何が自分にとって利益になるかがわかればな」老人はため息をついた。渋い表情には、長年積み重ねられた人生の皮肉と失望がにじんでいる。「その子だけはほかの連中と違っていてほしいという気持ちが強すぎて、私は判断を誤るかもしれない。子どもたちには金のことで嘘《うそ》をつかれ、だまされ続けてきた。その子にまで同じような思いはさせられたくない。それにこれ以上身内にたかられるのもごめんだ」

「僕に何をしろとおっしゃるのか、わかりかねますが」アレクシウスは正直に言った。

「私が会う前に、ロージーがどんな娘なのか君の目で確かめてみてほしい」

「確かめる？　僕にもう一度調査しろと？」

「いや、直接会ってほしいんだ。知り合いになり、君の目で判断してほしい」ソクラテスは期待をこめて熱っぽくアレクシウスを見た。「ぜひ頼みたい」

「僕が清掃作業員と、知り合いになるんですか？」アレクシウスには信じられなかった。

相手はむっとした顔になる。「君は気取った俗物ではないはずだ」

アレクシウスは体をこわばらせた。代々高貴で裕福な家系に生まれ育った自分が、そうではないと言い切れるだろうか。「その女性と僕に共通点があるとは思えません。僕が会いに行ったら、彼女は逆にどんな裏があるのかと不審に思うのでは？」

「私に考えがある。その子が働いている清掃会社と契約するんだ。まあ、ほかにも方法はあるだろうが。ともかくこんなことを頼めるのは君しかいない。忙しいのはわかるが、信頼できるのは君だけだ。息子も孫も信用できないのだから」

「息子さんやお孫さんはこの話を知ったら警戒するでしょうしね」

「そのとおり」アレクシウスの鋭い推察は、ソクラテスをほっとさせたらしい。「恩に着る。その子が強欲で嘘つきならば、何も報告しなくていい。リスクを冒すだけの価値があるか知りたいだけだから」

「考えてみます」アレクシウスはしぶしぶ言った。

「なるべく早く返事をくれ。私はもう若くない」

「ほかに僕が知っておくべきことはありますか？」もしかしてソクラテスはどこか体の具合が悪いのではと心配になって、アレクシウスは即座に尋ねた。信頼してもらっているのはうれしいが、やはり気が進まない。直感が彼に警告を発していた。「正直言って、僕以外に適任のお知り合いが……」

「君ほど女性の気持ちに通じ、扱いに長《た》けた男はほかにいない」それがソクラテスの返事だった。「君ならその娘がどんな子か、見抜けるだろう。どんな女性でも君のことはごまかせないだろうから」

　アレクシウスはやっと飲み物に口をつけ、ため息をついた。「考えさせてください。ところでお体の具合はどうです？」

「心配してもらうことは何もない」

不安はまだ残っていたが、人を寄せつけないソクラテスの表情には、アレクシウスにそれ以上の質問を許さないものがあった。何より、いつもはプライドを大切にするソクラテスが、子どもたちに失望しているのをこれほど率直に話してくれたことは今までになかった。これ以上ろくでもない家族を増やしたくないという彼の気持ちは理解できたが、アレクシウスはその手段には同意しかねていた。

「あなたが望んでいるとおりのいい子だったら?」アレクシウスはおずおずと言った。「僕とあなたの関係を、あとになって知らされたらどう思うでしょう? だまされたと思うのでは?」

「ほかの家族に会えば、なぜ私がそんな手段を講じたのか理解するだろう」ソクラテスはまったく心配していないようだ。「完璧な計画ではないが、その子を私の生活に迎え入れるべきかどうかを知るには、その方法しかないんだよ」

ソクラテスと夕食をともにしたアレクシウスは、いつになく不安な思いを抱いてロンドンに戻った。仕事上の問題を解決することには自信がある。競合する相手の一歩先を行き、打ち負かすことにはスリルを覚えるが、一度も会ったことのない孫娘が相続人としてふさわしいかどうか見抜くことが自分にできるだろうか。責任が重く、人との付き合いが得意ではない彼には気が乗らない役目だった。

実際、アレクシウスは私生活を仕事と同じくらい、厳しく制限していた。人との深い付き合いは嫌いだし、信頼する者はごく少数だ。家族がいないことも苦ではないし、逆にその分、自分が強くなれたと思っている。女性はそもそも好きではないし、深入りもしない。結婚を望んでいない、頭の空っぽなグラマーな美女と金で片づく関係を結ぶことはある。そういう相手なら、マスコミの注目を浴び、ブランド物の服や宝石を与えられ、贅沢《ぜいたく》な生活をさせてもらえるだけで満足するのは、彼も十分に承知していた。彼が性的な欲望を満たす女性たちはみな、自分の利益しか考えない拝金主義者だったからだ。

「それで、この仕事のどこが特別なの？」いらだったようにゾーイが言った。「なぜ急にここの掃除をすることになったのかしら？」

ロージーはゾーイと一緒に警備員に入館証を見せ、掃除道具を積んだ台車を押して、誰もいない廊下をエレベーターに向かっていた。「ＳＴＡインダストリーズっていうこの会社は、大会社の本社なんですって。だからもしここでの仕事ぶりが認められたら関連会社から仕事がたくさんくるとバネッサは考えているの。それで私たち二人が選ばれたってわけ」

こげ茶色の髪をした魅力的なゾーイは、顔をしかめた。「私たちは一番優秀な社員かもしれないけど、それに見合うお金をもらってるわけじゃないし、ここは遠いから交通費がかさむだけだわ」

　ロージーも同感だが、今の経済情勢では仕事があるだけありがたいと思わなければならないのだろう。しかも住まいまで提供されている。つい一週間前、思いがけず住むところを失ったロージーは、バネッサがいなければペットのバスカビルと路上で寝起きしなければならないところだった。今は住まわせてもらっているだけでも感謝している。

　バネッサ・ジャンセンの小さなオフィス清掃会社は、他社よりずっと安いサービスを提供することでなりたっている。だから従業員の賃金は安く、決して働きに見合っているとはいえなかった。それでも不況のせいで不必要な経費が削減されることが多く、最近バネッサは得意先を二件ほど失った。

〝あなたは急な病欠もないし、遅刻もしないから、本当に信頼しているのよ〟バネッサはロージーに言った。〝これがきっかけで仕事が増えたら、給料を増やすわ。約束する〟

　口先だけの約束だとわかっていたが、ロージーはほほえんでそれに応じた。不本意だが清掃員をしているのは昼間の時間を勉強に充てるためだ。従業員教育を徹底して仕事の効率を上げるための提案をバネッサにしたいところだが、逆に反感を持たれるとわかっているのでロージーは何も言わずにいた。バネッサは数字に強くて新規顧客の開拓は上手だが、現場の管理者としての才能に欠けている。仕事がうまくいかないのはそのためだろう。

だがロージーは、人はそう簡単に変えられないことを経験から学んでいた。自分の母でさえ、おだてたり、支えたり、忠告したり、ときには懇願しても、変わることはなかったのだ。それは本人にその気がなかったからだ。結局、人はあるがままの相手を受けいれることしかできないのだと、ロージーは後悔を交えて考えていた。まっとうな親として生きてもらえるように何度も一緒に講座に通ったり、話しあったりしたが、ジェニー・グレーは、自ら望んで計画的に身ごもった娘よりもお酒を選び、悪い男たちとの付き合いを優先した。

〝結婚してもらえると思ったのよ。落ち着けると思ったの〟ロージーを身ごもったときのことについて、母はそう語った。〝大金持ちの息子だったけど、本人はろくでなしだった〟

母と違って現実的で堅実なロージーにとって、ほとんどの男はろくでなしに見えた。ロージーには女友達のほうが、ずっと大切だった。これまでにデートした男たちはセックスとスポーツとビールにしか興味を示さず、そんなものにまったく関心がないロージーは、もう何カ月もデートさえしていない。もちろん、男性に関心を示されたい気持ちはあるが、自分が魅力的でないことは十分承知していた。身長は百五十二センチしかない。胸もなく、異性をひきつける体つきとはほど遠い。長い間、成長が遅いだけでいつかは女らしい体になるのではと期待していたが、二十三歳になった今でも一向に体つきは昔と変わらず、やせっぽちでどこもが小さかった。

頬にかかる白っぽい金髪をきゅっとポニーテールに結ぼうとしたロージーは、ゴムバンドが切れたのに気づいて不満の声をあげ、ポケットの中を探った。波打つ長い髪がカーテンのようにロージーの顔を隠した。いっそ短くしてしまおうと思わないでもないが、養母のベリルがいつも髪をほめてブラシをかけてくれた思い出が、それを邪魔していた。ベリルのことを思うと悲しみがよぎる。彼女を亡くして三年になるが、分別と愛情あふれるベリルの死は、まだロージーの心に影を落としていた。ベリルはロージーにとって実の親以上の存在だった。

アレクシウスは、彼のアシスタントのオフィスに座っていた。仕事をしようとしたが、初めて座る場所ではやりにくかった。それ以上にこれからの出会いを思うと落ち着かない。こんな子どもっぽい芝居を強いたのはソクラテスだ。そう思っていらだちを噛《か》み殺しているうちに、掃除機の音が聞こえてきた。やっと清掃員が到着したらしい。ゲームの始まりだ。ゲームか。人をだますのが嫌いな彼は、いつになくいまいましさと腹立ちを覚え、いらだっていたが、こうする以外に清掃員をしているというその娘に会う口実が見つからなかった。部下のふりをして会うのが自然だと考えたのだが、よく考えれば本名を名乗っても問題はないのではないか。ロージーというその娘が、アレクシウス・スタブローラキスという名が頻繁に登場するフィナンシャル・タイムズ紙を読んでいるとは思えない。だがゴシップが載っている雑誌を見ている可能性はある。それとも、仕事をしていないときに、偶然に出会ったことにするほうがよかっただろうか。

ロージーは廊下の一方の側に並んだ部屋を順番に掃除していった。反対側の部屋はゾーイの担当だ。人がいるオフィスは一部屋だけで、その部屋のドアは開いていた。仕事中に掃除をしたくはないが、一部屋でも手を抜いて文句を言われては困る。その部屋をのぞくと、大柄な黒髪の男性がパソコンに向かっているのが見えた。天井の電灯は消されていてデスクの明かりだけが、力強い、日焼けした横顔を照らしている。男性が急に顔を上げた。水銀を思わせる澄んだ冷たい灰色の瞳が、細面のブロンズ色の顔の中できらめいた。ロージーはびくっとした。なんてハンサムなんだろう。そんなふうに思うのはほとんどないことだった。

アレクシウスはロージーをなんとも言えない気分でじっと見ていた。写真で見たときは、青白い顔のどことといって特徴のない娘だと思ったが、実物は違っていた。生き生きしていて、ほかの女性とは違う何かがある。そしてあきれるほど小さかった。セフェリス家の人たちはみな小柄だが、ロージー・グレーは群を抜いて小さく、華奢《きゃしゃ》で、まるでおとぎ話の妖精のようだ。思わずほほえみたくなるほど小柄なのに、顔立ちと髪は彼の目を釘《くぎ》づけにした。こんな色の髪は初めてだ。日の光にきらめく雪を思わせる白に近い金髪が波打ち、滝のように肩にかかっている。染めているに違いないと思いながらも、アレクシウスはロージーの小さな逆三角形の顔から視線を離せなくなった。深い海を連想させる緑色の瞳、小さな形のよい鼻、ふっくらして輪郭がはっきりした、男にエロチックな夢を見させずにはおかない口元。いや、僕はそんな男ではない、とアレクシウスは訂正した。実際彼がアプローチして落ちない女性はいないのだから、エロチックな夢など見る必要はない。それにしてもピンクのつややかな唇はセクシーだ。いや、そんなことを考えている場合ではない。妙なことを考えるのは、こんなおかしな状況に置かれて心のバランスを失っているせいに違いない。

黒いまつげに縁取られた、心を射抜くような瞳にたじろいで、ロージーは息をのんだ。胸が高鳴っている。見たこともないほどハンサムな男性だった。頬骨がくっきりと高く、鼻も高くて、角張った顎は意志の強さを感じさせた。驚くほどきれいな唇は気持ちを乱さずにはおかない。だが目ざといロージーはすぐにその上唇がいらだったようにかすかに動くのに気づき、あわてて廊下に退出した。邪魔をしたり、機嫌を損ねたりしてはいけない、と脳裏で警報が鳴っている。先に会議室の掃除をしてきたら、彼はいなくなっているかもしれない。

ロージーが姿を消すとアレクシウスはうめき声をあげた。女性たちは誰も、彼を見ると必死で近づこうとする。彼は一度も女性を追いかけたことがなかった。だが、無理もない。清掃員は近づいてきて話しかけたりはしない。あわてて去っていくのも当然かもしれない。

彼は大股でドアに近づき、掃除機を引きずっていく小柄な後ろ姿を目を細めて見た。

「すぐに終わる」低い声がいやに大きく響いた。

ロージーが驚いたように振り返ると、髪がふわりと顔にかかった。緑の瞳がおびえたように見開かれる。「先に会議室の掃除をしてきます」

「君は新人なのか？」なぜあの瞳と顔をこんなにいつまでもしげしげと見てしまうのだろうと思いながら、彼はロージーに声をかけた。

「ええ……こちらでの最初のシフトです」身を乗りださなければ聞こえないほど小さな声だった。「きれいにお掃除しますので」

「ありがとう」自分と同じくらいの大きさの掃除機を操るロージーを見ていると、アレクシウスはなぜかそれを彼女の手から取りあげたい衝動に駆られた。僕はどうしてしまったんだ？　もう一度ロージーを見た彼は、自分が彼女に性的な衝動を感じていることに気づいてショックを受けた。久しくなかった経験だった。どんなに魅力的な女性を前にしても、十代の血気盛んな少年みたいに衝動を抑えかねることなどないのに、どうしたのか自分でも理解できない。これまでにまったくない経験だった。しかも相手はかわいく小柄で、彼の好みとは正反対だ。仕事以外では、彼は習慣に左右されるほうだった。妥協を嫌うし、新しいものや、これまでと違うものも嫌いだ。それは彼の環境が育んだ性格だった。アレクシウスは距離を置き、一歩下がって物事を嘲笑的に眺める態度と客観的な判断とで、自分の身を守る砦《とりで》を築いてきた。つねに利益を生む対象として見られている彼は、若いころからそうすることで、おべっかを使い、彼をおだてて利用しようとする野心のある欲深い大人たちから身を守ってきた。

ロージーは仕事も終わるころになって、やっと男性が去ったことに気づいた。明かりはまだついていたし、パソコンも閉じられていないが、今のうちに掃除を終えてしまうしかない。手早く机の上を拭き始めた彼女は、不意に現れた大柄な人影に気づいて凍りついた。彼はひどく背が高く、肌の色が浅黒くてとてもハンサムだった。そしてあの驚くほど明るい灰色の瞳が、磨かれた銀のように光っていた。

「邪魔だからこれをどけよう」アレクシウスはノートパソコンを持ちあげた。すぐそばにいる体から、清潔で温かい男らしい匂いがした。ロージーにはそれが外国製の高価なコロンの香りに思えた。

「大丈夫です。ちょっと待っていただければ、五分で終わりますから」ロージーは震える声で言った。恥ずかしさのために頬が赤かった。

し残したことはないかと机の上を点検していたロージーは、ブロンドの美人が幼い子ども二人を抱いている写真に目を留めた。「かわいいお子さんですね」気まずい沈黙に耐えられずに彼女はつぶやいた。

「僕の子じゃない。このオフィスは使わせてもらっているだけなんだ」その言葉には明らかに外国のアクセントがあった。

　掃除機をかける準備をしていたロージーは、驚いたように男性をうかがった。どう見ても他人のものを使わせてもらうのに慣れている男性には見えない。堂々とした外見もそうだし、お金持ちに生まれついているようだし、何より人を圧倒するオーラや威圧的な雰囲気が、彼がただの勤め人ではないことを無言のうちに語っていた。この人が誰かと机やパソコンを共有するなんてとても思えなかった。

「ところで、僕はアレックス。アレックス・コロボスというんだ」

「はじめまして」なぜ私なんかに自己紹介をするのだろう。ロージーはますますいたたまれなくなりながら返事をした。社員が清掃員に話しかけてくるのは、清掃員が年寄りで母親か祖母を思いださせるときか、そうでなければちょっかいを出そうとするときに限られている。〝爆弾〟というあだ名で呼ばれているゾーイは、美人で肉感的なのでよく声をかけられ、そのことを楽しんでいるが、ロージーは今まで一度も声をかけられたことがなかった。声をかけられたのは珍しく髪を垂らしているからだろうか、とばかなことを考えながら、彼女は気まずい思いで掃除機のスイッチを入れた。男性がその音に顔をしかめるのを見て、少しだけ楽しい気分を味わった。

「ありがとうございました」掃除機のスイッチを切ると、彼女はあとも見ないで部屋を出た。

アレクシウスは、黄金の光を放つ金《かね》という魔法の力を借りずに女性に初めて話しかけた経験を、苦い思いで反芻《はんすう》していた。しかも彼女は逃げるように出ていった。恥ずかしかったからか？　それとも僕にうんざりしたのか？　いずれにしてもそれは彼にとって初めての経験だった。ビジネス・ディナーの約束を思いだして、彼はノートパソコンを閉じて立ちあがった。飛び切りセクシーな女性だ。体が熱く岩のようにこわばっている。まさかこんなことになるとは、予想もしなかった事態だった。

ロージーが家に戻ると女性たちが共用で使っているキッチンで、バスカビルが興奮して吠《ほ》えたて、ジャンプを繰り返した。バスは四歳になるチワワで、ベリルの飼い犬だった。この家に来て以来、みんなにかわいがられている。留守の間バスが寂しがるのを心配していたロージーにとって、それはうれしい誤算だった。ロージーは夕食にチーズトーストを作って、テレビの前でハウスメイトたちと話をしながらそれを食べた。バスにはパンのかけらをやった。

その夜、ロージーは胃の痛みで目覚め、ひどく吐いてしまった。吐き気は朝には治まったが、体はぐったりと疲れていた。

次の日、夜の仕事についても疲れは抜けていなかった。アレックス・コロボスと名乗った男性の部屋には明かりがついていたが、彼の姿はなかった。ロージーは少しがっかりした気分を押し殺して会議室を掃除しに行ったが、一歩足を踏み入れたとたん聞き覚えのある声が耳に入ってきた。長いテーブルの向こう端に目を向けた彼女は、女学生のように胸が高鳴るのを覚えた。窓辺に彼が立っている。がっしりした体からハンサムな顔に視線を移すと、電流のようなショックが体を走った。鼓動がいっそう速くなり、体の細胞の一つ一つが目覚めたような気分になる。なぜこんな気分になるのだろうと思う一方で、体がかっと熱くなり、息が浅くなった。彼は外国語で話していた。部屋を出ようとしたとき、言葉がいくつか耳に入った。どうやらギリシア語らしい。

アレックスは去っていこうとするロージーを片手で制し、じっと見つめた。昨日は垂らしていた長い髪はきっちりとまとめられ、今日も化粧はしていないらしい。なのになぜかひかれずにはいられない。下半身が反応するのがわかる。小さな顔を見るだけで、ピンク色の唇を奪い、繊細な小さな体に触れ、その秘密を暴きたくなる。彼女に深く身を沈め、ショックを受けたようにその瞳を見開くのを確かめ、忘却のかなたへと誘いたい。十代のころ以来、こんなに女性に熱くなったのは初めてだった。それは彼にとって、まったく新鮮な感覚だった。昨夜は何度も彼女の夢を見て高ぶりを覚え、汗をかいて目覚めた。そこまでの気持ちにさせてくれる女性は、彼にとって貴重な存在だった。相手が誰であろうと、もうどうでもよかった。彼女がこんな気持ちにしてくれることだけが重要だった。女性に関して、アレクシウスの一番の問題点は退屈なことだったからだ。

「もう話は終わった」彼は携帯電話をしまいながらロージーに近づいた。

「そ、そうですか」ロージーは思わず口ごもった。口の中が乾いている。大きな緑色の瞳を見開いているが、彼を意識するあまり背筋を指でなでられているようで、気まずさに顔が赤くなっている。

「ああ」そっけなく言って横を通りぬけたアレクシウスは、ロージーの瞳の輝きを見逃さなかった。花を思わせる香りがふわりと鼻孔を刺激する。関心を抱いているのは彼のほうだけではないと気づいて、勝利感にも似た思いを抱いた。そうであれば、ソクラテスの願いどおり、ロージーと知りあいになるのは簡単だ。いつまでも夜のオフィスをうろつかなくても済むかもしれない。

一方ロージーは震えを抑えきれないまま会議室の掃除を終えた。浅くなっていた呼吸がやっと正常に戻る。アレックスという男性は打ちよせる大波のようにロージーの足元をすくい、あっという間になぎ倒した。少女のように心をときめかせるのが子どもっぽいのはよくわかっているけれど、私は男性に対して免疫がなさすぎるのかもしれない、とロージーは考えた。二十三歳になるのに、彼女にはまだ男性経験がなかった。ベリルが亡くなる前の数年間は、不治の病に冒された彼女の看病で忙しく、そんな暇はなかったし、自由になったあとはもう分別がつきすぎていて、そんな機会は訪れなかった。これまで一度も男性に胸をときめかせたことがなかった彼女は、自分が今、男性に簡単に心ひかれ、奔放に遊んだ母親と同じ愚かなまねをしているのではないかという不安と、自分もほかの女性と同じように感じることができるという満足感との間で苦しんでいた。

〝いい男に会ったの〟母のジェニーは子どもだったロージーによく言っていた。〝とっても特別な人よ。だからしばらく留守にするわね〟

そんなとき、ジェニーは数日戻らず、ロージーは暖房も、お金も、食料も、清潔な衣類もなしに過ごさねばならなかった。もっと耐えられないのは母が男を家に連れてきたときだった。ロージーは寝室に閉じこめられ、母はベッドや居間で一日中寝転んでお酒を飲み続け、ロージーを学校に行かせることはおろか、食事をさせることも、体を洗うことも忘れていた。そしてとうとう児童福祉局が介入し、ロージーは養父母のもとに預けられたのだった。

ロージーがすべての部屋の掃除を終えても、アレックス・コロボスはまだ机に向かっていた。びくびくしながら入っていったロージーは彼に尋ねた。「お掃除してよろしいでしょうか」

「もちろん」ノートパソコンから顔を上げた彼が投げかけた微笑は官能的な魅力とカリスマ性にあふれていて、ロージーは思わず下腹部が燃えるように熱くなるのを感じた。驚いたことに胸の先端が固くなって敏感になり、足まで震えだす。

「君もどうだい？」飲み物を入れたキャビネットの前に立ち、グラスを手にした彼が言った。

ロージーはぎょっとしてあとずさりし、誘いを受けたくなる自分の気持ちを叱りつけて〝結構です〟と答えた。勤務中にそんなことをしたら、仕事を失いかねない。それにどうせ一夜だけの誘惑に決まっている。社会的にも、受けた教育という点でも、この人と私とでは立場が違いすぎる。私はいつか大学に行きたいと必死で勉強しているけれど、この人はたぶん高学歴の持ち主だろう。

断られてむっとしたアレクシウスは、夕食に誘ったら、うんと言わせられただろうかと考えた。彼女は気まずそうな顔になり、二度と彼を見ようともせずに姿を消してしまった。逃げれば逃げるほど僕が魅力を感じるのを、わかっているからだろうか。また明日の晩もここに来なければならないと思うといらいらして、彼は白い歯をきつく噛みしめた。

あの人を避けなければ、と分別のある声がロージーの脳裏で語りかけた。さもないと問題が起きる。アレックスという人は私の血を熱くする。きっと心の安定を失わせ、ばかな振る舞いをさせる。火は小さなうちに消してしまわなければ。

そう決意したロージーは翌日の夜、ゾーイに掃除する場所を代わってもらうように頼んだ。ゾーイは顔をしかめた。「なぜ？」

「いつも残業している男の人が、その……私を誘ってきたの。だからいやなの」

「あら、私なら大喜びするけど。すっごくすてきな人じゃない。ロージー、せっかくのチャンスなのに。あの人、いいと思わないの？」

「思うけど、でも、どうにもならないのに」

「先がなくても最高にすてきな経験なら、私は大歓迎だわ」経験豊富なゾーイは楽しげに言った。

翌日の夜、最後の片づけをしながらゾーイはロージーに向かって顔をしかめてみせた。

「期待して行ったのに、私には声もかけないし、こっちを見ようともしなかったわ。まるっきり無視。どうやらお目当てはあなただったみたいね」

その夜ベッドに横たわったロージーは、アレックスがゾーイに関心を向けなかったことをひそかにうれしく思った。ゾーイはとても美人だし、一緒に飲まないかと誘われたら断らないタイプだ。いや、それ以上の誘いだって断らないだろう。あのすてきなギリシア人は私にそれを望んでいたのだろうか。あとくされのない、その場だけのセックスを？　そう、きっとそうだわ。

「今夜はいつもの担当場所を掃除してね」翌日の夜、仕事に取りかかる前にゾーイがロージーに言った。「あの背の高いハンサムな男性がちょっかいを出してくるのがいやなら、ちゃんとそう言うのよ。あなたはそれほど引っこみ思案じゃないはずよ」

ロージーはその言葉にむっとしながら、いつもより速いペースで仕事をこなした。金曜の夜なので今日の仕事が終われば月曜までここには来ない。アレックスの部屋の前を通ると、彼の黒髪が見えた。あえて見ないようにして視線をそらしたが、実はどれほど彼を見つめたかったかわからない。

そのアレクシウスがスタッフ用のキッチンまでロージーのあとを追ってきた。もう八時だった。いつまでもオフィスにいたくはなかったし、自分を明らかに避けているロージーの態度にもしびれを切らしたからだ。もしかしたら彼女は人並み以上に鋭い第六感の持ち主で、僕を信用できない男だと思っているのかもしれない。それは事実だった。ロージーが正直な人間かどうかを試したくて、彼はわざと高額の紙幣を床に落としてきたのだから。

「仕事はどうだい？」お茶を手にしてスツールに腰かけているロージーに、彼はさりげなく声をかけた。

突然彼が現れたのに驚いて、ロージーは手にしていたマグを落としそうになった。嵐の前のまがまがしい黒雲のように立ちはだかる彼の前で、自分がいっそう小さく思えた。手が震えてマグの中の紅茶がこぼれ、着ていたチュニックを濡《ぬ》らした。

「気をつけて」アレクシウスはロージーの手からマグを取って横に置き、布巾を差しだした。

「驚かさないでください」ロージーはそれをひったくってチュニックを拭いた。

「ごめん」つぶやいた彼の灰色の瞳が、逃げようとするロージーの瞳をとらえた。

ロージーは真っ赤になった。ハンサムな顔を見るまいと一生懸命に努めているものの、実はこの数日の間に、目の前にいなくても彼の顔を正確に思い浮かべることができるまでになっている。「毎晩こんなに遅くまで仕事をしているんですか？」ロージーが沈黙を破った。

「たいていはね」

「残業代はもらえるのでしょうね」じっと見つめてくる瞳を囲む、まつげの長さに驚く一方で、彼の瞳に宿った熱いものが矢のように下腹部に突き刺さってくるのが感じられる。

「それとも仕事が好き？」

「僕は仕事人間でね」アレクシウスは濡れたピンク色の唇に触れたくなる衝動を抑えつけた。唇を重ねてみたい。見かけと同じくらい、いい味がするのだろうか。自分を抑えようとするあまり、彼の体はこわばり、顎に力が入った。

「あら」ロージーは改めて紅茶を口に運びながら、澄んだ緑色の瞳を彼の日焼けした顔に向けた。男らしい頬骨やきれいな眉に思わず見とれていた彼女はすぐに我に返って、やけどでもしたようにあわててスツールを下りた。「もう仕事に戻らないと」唐突に言って逃げるように出ていったすぐあとに、掃除機をかける音がしてきた。

急に逃げだしたロージーの態度にあきれて、アレクシウスは小さく悪態をついた。たぶん過去に誰かにいじめられたか、いやな目にあわされたのだろう。そう思うと思わず口元に力が入る。そんなことは僕には関係ない。もしあの金がなくなっていたら、もう二度と彼女には会うまい。

一方のロージーはアレックスが戻ってこないのにほっとして、彼の部屋の掃除に取りかかった。早く家に戻りたい一心でいつもより速いペースで仕事を進める。週末は勉強もあるけれど、それさえ終えればあとは自由な時間を楽しめる。

そのとき、何かが掃除機に挟まるいやな音がした。ロージーは思わず声をあげてスイッチを切り、ひざまずいて吸いこみ口を調べた。驚いたことに、五十ポンド紙幣が二枚、巻きこまれている。ロージーはあわてて台車からドライバーを取ってきて、吸いこみ口を分解し、くしゃくしゃになった札を取りだした。おかげで体はほこりだらけだし、腹が立って仕方がない。紙幣はどこから来たのだろうか。まさかむきだしで机の上に置かれていたとも思えない。ロージーは体のほこりを払い、オフィスでお金が紛失したら清掃員のせいにされるに決まっているのに、といらだちを覚えながら立ちあがった。彼はまだいるだろうかと思いながら会議室に行ってみると、幸い以前のように彼は誰かと携帯電話で話をしていた。

「これ、あなたのかしら？」ロージーは丸まってしまった紙幣を磨き抜かれたテーブルの上に置いた。「床に落ちていたみたいで、掃除機に挟まったの。おかげで掃除機が壊れるところだった。こういうのって困るのよ」鋭い口調でロージーは言う。

アレクシウスはそんなロージーを見て大声で笑いだしたくなった。小さな体には怒りがみなぎり、緑の瞳が宝石のように輝いている。「ああ、僕のだ。ありがとう」

「気をつけてもらいたいわ。お金がなくなったら、罪を着せられるのは私たちなんだから」

「君は正直な人だ。感心したよ」アレクシウスは静かに言った。今こそ自信を持ってソクラテスに、ロージーと会うように勧められると思う。

「見下した言い方をしないでほしいわ」ロージーは、かっとして言い返した。紙幣を見つけて返さなかったらどんなことになっていたかと思うとぞっとするし、何より彼の高慢な態度が許せなかった。「私は貧しいけど、貧しいことと不正直なことは同じじゃない。あなたの見方は間違っている。裕福な暮らしをしている人にも泥棒はいるわ」

清掃員に怒鳴りつけられていることにむっとして、アレクシウスは黒い氷を思わせる冷たい瞳をロージーに向けた。「君の言い分はわかったし、正直な君を尊敬するが、その言い方は気に入らない。もういいから出ていってくれ。まだ電話が終わってない」

ロージーは豹変《ひょうへん》した彼の態度に言葉を失った。自制心をなくして大声を出し、無礼な言葉を吐いてしまったことが自分でも信じられなかった。謝ろうかとも思ったが、彼の冷たい顔や権威に満ちた鋭い視線に気おされて、彼女は黙ってその場をあとにした。彼が一瞬にして別人になったように思えた。つい一線を越えて口を滑らせて、怒らせてしまったせいだ。一刻も早く帰りたかったロージーは、仕事が終わったときには心からほっとした。

「ねえ、本当に今夜、私が車を持って帰ってもいいの？」ゾーイが台車を押しながら尋ねた。

「ええ。私はバスで帰るから」ロージーはぼんやりと答えた。

「ありがとう」バンの荷台に掃除道具を積みこみながらゾーイが言った。「母を叔母のところに連れていってあげたいの。ずっと会っていないから。この車が使えれば明日の朝早く送っていって、日曜日の午後に迎えに行けるわ」

「月曜の朝までに車が戻っていたら、バネッサは何も言わないわ」ロージーが言うと、ゾーイはバンの後部ドアを閉めて運転席に乗りこんだ。

「ねえ、なぜ今日はそんなに静かなの？　あの男の人と何かあったの？」

「何も」ロージーはできるだけ明るい口調で嘘を言った。

そう、何もなかった。信じられないくらい心ひかれる男性に会ったけれど、結局何も起こらなかった。それでよかったのだ。二艘《そう》の船がたまたま行き違っただけ。母がよくしていたように、ぶつかって大ごとにならずに済んで幸いだった。会議室に立ち、おぞましい虫けらでも見るような目で彼女を見ていた男性の姿が、まだロージーの脳裏に焼きついていた。見下したような、敵意と嫌悪をあらわにした視線だった。ロージーは深く傷ついていた。あんなふうに怒鳴ってしまったから、きっと腹を立てたのだろう。それは当然だと思う。私はお金を見つけ、彼は私が正直に届けたことにお礼を言ってくれた。それでいいじゃない。それ以上何を期待するの？　黒い雲が垂れこめるような重苦しい気持ちを、ロージーは振り払った。

2

ロージーがバス停に向かっていると、光をさえぎってそびえる高層ビルの物陰の間から、大柄な人影が現れて行く手をさえぎった。「ロージー？　ずいぶん長い間待ったよ」不満げな声がする。

ただでさえ沈んでいたロージーの心は石のように重くなった。ジェイソンね。以前フラットメイトだったメルのボーイフレンドだ。金髪で青い瞳のボディビルダーの彼は、胸板が厚く、がっしりした体格で、それだけでも威圧的だった。興味はないとはっきり断ったのに、なぜまた現れたのだろう。小柄な彼女がぐっと顎を上げると、その目に驚くほどの力がみなぎった。「なんの用があって待ち伏せなんかしていたの？」

「会って話がしたくてね。それだけさ」ジェイソンは頑丈そうな顎を上向けるようにして言った。

「私には話すことなんかないわ」ロージーはそう言いすてて、その場から去ろうとした。

ジェイソンが大きな手でロージーの腕を痛いほどぐっとつかんだ。「話くらい聞いてくれても――」

「なぜそんな必要があるの?」ロージーはかっとして言い返した。しつこい彼がうっとうしかった。疲れているし、もううんざりだ。明日は早いのに。こんな気分のときに、さんざん迷惑をかけられた男に付き合う気にはとてもなれない。「あなたのせいで私はメルとの友情も、住む場所もなくしたのよ!」

「メルとは別れた。僕はフリーだ」ジェイソンが自慢げに言う。「だからこうして来たんだ」

「興味なんかないわ。手を放して」ロージーはいらだったように叫び、彼の手を振り払おうとした。

「落ち着けよ、ロージー。さっきも言ったように、君と話したいだけなんだ」

「放して!」彼女はしつこく迫る男にかっとなって叫んだ。「すぐに!」

「彼女を放せ」突然声がした。静かだが威厳のある声だった。

ジェイソンは驚いたように振りむいたが、ロージーの腕を強くつかんだまま放そうとしなかったので、ロージーは彼に引きずられる形になった。「お前には関係ないだろう」彼は好戦的だった。

ロージーは困惑してアレックス・コロボスを見つめていた。彼はこれまでのいきさつを見ていたに違いない。ジェイソンは怒りに青ざめ、足を開いて身構えている。

「ロージーを放せ」アレクシウスは短く命じた。街灯に照らされた厳しい顔が黒曜石を思わせる。

「かまわないで」ロージーはそう言うと、もう一度ジェイソンの手を振りほどこうとした。

乙女を救出する騎士の役割には慣れていないが、アレクシウスにためらいはなかった。ちょうど出てきたところで二人の言い争いを見て、放ってはおけないと思った。ロージーは明らかに困っていた。

「そうとも……痛い目にあいたいのか」ジェイソンの怒鳴り声を聞いてロージーは青ざめ、震えだした。「これは僕と彼女の問題で――」

「女性に手荒なまねをするんじゃない」アレクシウスは激しい口調で非難した。

ジェイソンは怒りで体をこわばらせると、ののしりの言葉を吐き、アレクシウスに殴りかかった。ロージーは思わず声を出したが、アレクシウスは信じられないほど素早く身をかがめてそれを避け、逆にジェイソンのみぞおちに一撃を食らわせた。ジェイソンはうっとうめいて一歩下がったが、反撃に出ようとして、ロージーを乱暴に突き放した。よろけたロージーの小さな体ははずみで飛ばされ、歩道にたたきつけられた。小さな唇から苦痛のうめき声がもれる。それとほぼ同時に叫び声があがり、ジェイソンの怒った声が続いて、逃げていく足音が聞こえた。

一分もたたないうちにアレックス・コロボスはロージーの上に身をかがめ、体を助け起こした。「動かないで」歩道に投げだされたときにこすれたのだろう。コットンのパンツをはいている脚に血がにじんでいた。「どこか折れているかもしれない」

「たぶん、大丈夫。ちょっと痛むだけ」急に痛みが襲ってきた。どうやら腕と脚を思いきりすりむいたようだ。転んでしまった子どものようだと思いながら、彼女は顔をしかめた。一番ひどくすりむいているのは肘と膝のようだ。

アレックスは携帯電話を手にしてギリシア語で何か話していたが、当惑した表情のロージーを見て、英語で言った。「君を医者に連れていく」

ロージーはあわてて起きあがろうとした。「そんな必要は……」

だが急に動いたせいでめまいがして吐きそうになり、力強い腕にもう一度寄りかからなければならなかった。この人の前で吐くくらいなら死んだほうがましだとロージーは思った。

「何があったの？」

「あいつなら、僕が思ったより手ごわいと知って逃げていった。警察に届けたほうがいい」

「そんなことはしたくないわ」事を荒立てたくないし、公の場に持ちだすのはいやだけれど、一方では一人のときにまたジェイソンが迫ってきたらどうしようという不安もあった。ジェイソンの目的はなんだったのだろう？

そのとき二人の横に車が停《と》まった。アレクシウスが立ちあがると、運転手が飛び降りて後部座席のドアを開けた。ロージーを抱えあげた彼は、あまりの軽さに驚き、きっと服の下は骨と皮だけだろうと思った。彼がロージーの体を座席に横たえ、その横に滑りこむとドアが閉まり、車が動きだす。

吐き気はまだ治まらなかった。アレックスを見ると、彼はロージーを見おろして顔をしかめていた。ハンサムな顔の中で明るい灰色の瞳が星のように輝き、視線が自分に注がれているが、そこにはさっき会議室で見たような冷たさはなかった。ロージーの胸がざわめいた。こんな目で見られたら溶けてしまいそうで、そんな自分に自信が持てない。初めて恋をしているティーンエージャーのような自分が怖かった。ロージーは視線を彼から車の内部へと移した。「これは誰の車？　運転しているのは誰？」

「僕の車だ。運転しているのは僕のボディガードの一人だよ」

「どうしても医者に行かなければいけないと思ったのなら、救急車を呼べばよかったのに」ロージーは不思議に思って尋ねた。

「このほうが速いし、無駄がないと思ったから」アレクシウスがなめらかに応じる。「医者には絶対に行かないとだめだ。君は襲われたんだよ」

ロージーはまた目を伏せた。逆らう力もなく、何か言うと吐きそうだった。今はもう彼のことが怖くはないが、支配しようとする男性は嫌いだ。ジェイソンと同じだわ、と彼女は思う。フラットメイトだったメルはジェイソンの男らしさが気に入っていたらしいけれど、気分屋ですぐにかっとなる欠点に徐々に気づくようになった。しかも彼は女と見れば誰でも口説こうとした。そんなジェイソンとアレックス・コロボスを比べるのは失礼だ、とロージーは反省した。他人同然の私を、危険を顧みずに助けてくれたのだから。見知らぬ相手にそこまでしてくれるのが驚きだった。

「あなたは？　けがはなかった？」自分が歩道に倒れている間に何が起こったのだろうと思って、ロージーはささやくように彼に尋ねた。

アレクシウスは考え深げに鋭い顎の線をなでた。「一発殴られたが、殴り倒してやった。学生時代にボクシング部だったんだ。少しあざになるかもしれないが、大したことはない」

「ごめんなさい」ロージーは小さく言った。「待ち伏せされているなんて知らなかったの。二度と会うつもりはなかったし……」

「昔のボーイフレンドか？」

「とんでもない。あんな人と付き合う気なんか毛頭ないわ。友達の彼だったの」

アレクシウスはロージーがそれ以上何も言わず、ふっくらしたピンク色の唇を固く結ぶのを見守った。

本当のところはどうなのだろう。どう見ても心身ともにステロイド剤にやられているあの野蛮人をそそのかすようなそぶりを、この女性は見せたのだろうか。彼は改めてロージーを見つめた。シートに広がる豊かな髪はまるで絹のようだ。細面の顔のせいでいっそう大きく見える緑の瞳に不安が宿っていた。体はショックのせいかまだ震えている。あまりに小さくてか弱く見えるので、思わず抱きよせて慰めてやりたくなり、自分らしくもないそんな衝動を感じていることが彼を動揺させた。女性を慰めたことなど一度もない僕が、なぜこんな気持ちになるのだろうか。セックスはセックスと割り切っている僕には、慰めとか、面倒な感情は無縁だったはずだ。この女性を危険から救いだし、ちゃんと傷の手当てを受けさせるのはいいことだが、それ以上個人的に感情移入をする必要はない。ソクラテスに彼女を推薦することはもう決めている。さっきのあの言い方にはむっとしたが、本質的に正直で率直で、勤勉な女性のようだ。今度彼女に会うときにはギリシアで、ソクラテスも一緒だろう。さっき出ていけとロージーに告げたとき、彼はこれで芝居は終わったと感じて、妙に落ちこんだ気分に支配されていた。本来なら喜んでいいはずなのに、なぜだろう。

車が明るく照らされた建物の前に停まった。ジョージ王朝時代に建てられた立派な屋敷が並んでいる一角だった。顔をしかめているロージーを彼は有無を言わさずに抱きあげた。

「ここはどこ？　病院の救急外来に行くのだと思っていたのに」

「そんなことをしたら、診てもらうまで何時間も待たねばならない。デミトリー・バクロスは僕の友人で、有能な医者だ。今ならまだ最終の診察時間に間に合う」

看護師がロージーを迎え、更衣室に連れていってガウンに着替えさせてから診察室に案内してくれた。

デミトリーは小太りのギリシア人で、ロージーを診察台に座らせると念入りに診察した。ジェイソンにつかまれた部分についたあざを見て、デミトリーは顔をしかめる。膝と肘の手当ては看護師がしてくれ、治療はあっという間に終わった。救急外来に行ったらもっと重傷の患者がたくさんいて、たぶん長時間待つことになっただろう。それを思ってロージーはほっとした。もちろん、自分一人だったらわざわざ病院には来なかっただろうと思いながら、彼女は着替えをした。これまで何度も大変な目にあってきたロージーは、少しくらい何かあっても無視して、いつもどおりの暮らしを続ける強さを身につけていた。かつて面倒を見てくれたソーシャルワーカーたちは、甘えたり、関心を引こうとしたりする子どもを歓迎しなかったからだ。自分では大したけがではないと思っているのに、アレックスがこれほどおおげさに世話をしてくれたことに、ロージーは内心驚いていた。

「私が言ったとおり、軽いけがだったでしょう?」ロージーの姿を見るなり、優美な待合室であわてたように立ちあがったアレックスに、彼女は軽い口調で言った。彼女はそのときになって初めて、彼が体にぴったりと添ったオーダーメイドらしいスーツを着ていることに気がついた。銀行家が好んで着るような紺色のピンストライプがとてもすてきだ。自分がいつの間にか彼を見つめていたことに気づいて、ロージーは赤くなり、改めて彼と自分の生活の違いを思い知らされた気分になった。

医師が診察室から出てきてアレックスに話し始めた。やはりギリシア語だった。ギリシア語を習ってみようと思って何度か講座に通ったことがあるロージーには、単語がいくつか理解できた。話の途中、医師が何度か好奇心をあらわにし、顔をしかめて値踏みでもするようにロージーを見たので、彼女は赤くなった。どうやらどう見ても労働現場で働いているとしか思えない女性を、アレックスが友達だと言って連れてきたことをいぶかしく思っているらしい。

「ドクター・バクロスは自費診療の患者しか診ないお医者さまでしょう?」医院の階段を下りながら、ロージーが言った。

「そうだ」

「ここの治療費はまさかあなたに請求されないわよね」ロージーは不安げに尋ねる。

「いや、彼は仲のいい友人だから大丈夫」

「よかった。さあ、私は帰らないと」ぎこちなく彼女は言った。「いろいろありがとうございました」

「まだ終わっていない。君を家まで送っていくよ」アレックスはそう言うと、車の横で待っていた男にギリシア語で何かを言い、彼からキーを受けとった。

「そんなことをしてもらわなくて大丈夫。もうさんざんご迷惑をかけたのだし」

高い貴族的な頬骨のあたりを緊張させたアレックスが長く黒いまつげを伏せると、怖いほどよく光る瞳がその陰に隠れた。「家まで送りたいんだ」そっけない口調だった。

ロージーはその強引な申し出に頬を染めた。なんと言えばいいのか、どう反応すればいいのかわからなかった。なぜ私のためにこんなにまでしてくれるの？　まさか私に気があるはずがない、と彼女は自分に言いきかせた。小柄で、胸もないやせっぽちの私に振りむく男なんかいない。そんなふうに思う自分と、奇妙なまでに募ってやまない不釣り合いな思いに当惑しながら、ロージーは助手席に座った。アレックスは車を発車させたが、明らかに運転に慣れていないようで、何度もギアを入れ替えるのに失敗し、信号で停車するたびに車をエンストさせて口の中で悪態をついている。

「新車でね。まだ慣れてないんだ」弁解するように言ったが、実は彼には子どものころから運転手がついていて、自分で運転することはほとんどなかった。自由に車を乗り回せたのは大学にいる間だけだ。

ロージーは笑いたくなるのをこらえた。ロージーの知りあいには自家用車を使っている者などいなかった。これが社用車なら、彼はオフィスこそ誰かと共有していても、それなりに会社で地位のある人物かもしれない。外を見た彼女は初めて、車が自宅とは違う方向に向かっていることに気がついた。

「ごめんなさい。先に住所を教えればよかったわ」

住所がわかっても、彼にはまったく土地勘がないようだった。それを隠そうとしているのがロージーにはすぐにわかったので、できるだけ丁寧に道案内をしたが、相変わらず信号で停止するたびにギアは大きないやな音を立て、エンジンが止まる。

「夕食でも一緒にどうだい？」何度か道を間違えたあと、彼が尋ねた。ロージーも道案内は不得意なので時間がかかったが、家まではもう数分だった。

彼女は驚いたように相手を見たが、それと同時におなかが大きな音を立てて鳴った。あわてて咳払《せきばら》いをしてごまかした。「食事？」ときき直す。

「どうやら君も僕と同じくらい空腹らしいし」アレクシウスは面白がっているように言った。

ロージーは真っ赤になった。これまでに男性をこんなに意識したことはなかった。そのことが彼女をいらだたせていた。でもたまたまこんなことになって、彼もおなかがすいているから誘ったのだろう。別にデートに誘われているわけではないし、食事くらいしてもいいかもしれない。

「下宿のすぐ近くに食堂があるわ。庶民的な店だけど味はいいのよ」

「じゃあ、そこにしよう」アレクシウスは車を駐車した。バックミラーで確認するとボディガードの乗った車がすぐ後ろについている。エンストを起こすたびに大笑いされていたのだろうな、と彼は苦々しい思いで考えた。でもとりあえずロージーに認めてもらえたのだから、このままで行きたい。いつの間にかソクラテスとの約束がロージーと時間を共有する口実ではなくなっていた。好きなようにするさ、と彼は思った。いつだってそうしてきたのだから。食堂というのはみすぼらしい通りの一角にある、これまたみすぼらしい店だった。明かりだけはこうこうとついている。今までそんな店に入ったこともないアレクシウスは、今さらのようにロージーと自分との生活の隔たりを思い知らされ、動揺した。素性を偽ると、思いもかけないことに遭遇するものだ、と彼は思う。

ロージーは、これで食事を作る手間が省ける、とほっとし、あくびを押し殺しながら先に立って店に入った。セルフサービスの店は深夜まで開いているので、夜勤帰りの人々に人気がある。トレーを手にすると、アレックスが戸惑った様子でまわりを見まわしているのが目に入った。

「自分で取るのか?」彼は眉を寄せた。

ロージーは黙って彼にトレーを一枚渡し、列に並んだ。テーブルについている三人の女性がアレックスに注目するのがわかったが、彼はまったく気づかない様子で壁に貼られたメニューを見ている。やっぱりこの人は目立つんだわ、とロージーは思った。こんなにハンサムだから、当然かもしれない。それは、金髪で青い瞳の父、トロイ・セフェリスの写真を初めて見たときにロージーが思ったことでもあった。父への反発もあって、これまでハンサムな男性には特に用心してきたけれど、それは偏見だったのかもしれない、と思う。アレックスはジェイソンと戦ってまでして私を助けてくれた。彼は決して見えっぱりでも独善的でもなく、むしろその逆——ロージーは緑の瞳で値踏みするように彼を見た。黒髪、長身、たくましい体つき、細面の褐色に近い肌の顔は、どこにいても目をひく。そんな男性と私は今一緒なのだ。ロージーは細い体をしゃんと伸ばし、ほほえみを浮かべた。

ロージーが自分の分を払おうとすると、アレックスはひどく動揺した表情を見せた。

「僕は女性に金を払わせない主義だ」きっぱりと言うと、彼は無理やりロージーの頭越しに料金を払ってしまった。

却下されたロージーはむっとしてナイフとフォーク、そしてナプキンを取りあげたが、彼はどうしていいかわからないらしく、トレーを手にまごついている。仕方なく彼の分も取ってあげて、水はいらないかときいた。彼の行動にはずいぶん矛盾があるような気がする。大の男がなぜこんな当たり前のことを知らないのだろうか、とロージーは困惑していた。

「なぜ自分の分を払おうとしたんだ?」テーブルにつくとアレックスがロージーに尋ねた。

「デートしても自分の分は払うようにしているの。誤解されると困るから」

彼は長い黒いまつげを伏せて、動揺をたたえた瞳を隠した。ソクラテスは絶対にロージーを気に入るだろうと思うが、女性と一緒のときに割り勘にするのは彼の好みではなかった。「あの男はジェイソンといったかな？　どんなやつなんだ？」

「私は十日ほど前までメラニーという友人とフラットをシェアしていたの。ジェイソンは彼女のボーイフレンドだったんだけど、ある夜、キッチンにいた私に急にキスを迫ってきたの。そこにメルが入ってきて」ロージーは思いだしたのか、大きな目を天井に向けてから続けた。「私のせいだって、私が誘惑したんだって言いはって、フラットから出ていけと言われたの。翌朝になったら冷静になってくれるかと思ったのに、逆に部屋に飛びこんできた彼女はもっとひどいことを言って、私の荷物をまとめ始めたわ。結局私は追いだされてしまったの」

「それでジェイソンは？」一週間何も食べていなかったかのように旺盛な食欲でアイリッシュ・シチューを平らげ始めたロージーを、アレクシウスは感心したように見た。やせていても食欲は旺盛のようだ。

「メルはその場で彼を許したみたいだったけど、今日の彼の話では別れたそうよ。ともかく、彼には一切関わりたくないわ」

「怒るとすぐにあんな行動に出る男には、関わらないほうが安全だ」

「あなたはギリシア人？」突然ロージーが尋ねた。「お医者さまに連れていってくれたとき、運転手との会話がギリシア語のような気がしたから」

アレクシウスは緊張した。「ギリシア語を話すのか？」

「単語をいくつか知っている程度よ」ロージーが顔を傾けるとブロンドの髪が揺れ、頬骨のまわりを取り囲むように覆った。「勉強しようと思ったことがあるけど、講座には二度ほどしか出なかったわ。とても難しすぎて」

「なぜギリシア語を？」ロージーの生き生きとした表情や輝く瞳、時折浮かべる晴れやかな笑みが見られるなら、ずっとこのみすぼらしい店に座っていてもいいと思っている自分に気づいて、アレクシウスは驚いた。

ロージーは相手を観察した。角張った顎や形のいい唇のまわりにひげが伸びて影を作っていて、それがとてもセクシーに見える。灰色の瞳で見つめられると、胃がひっくり返りそうなくらい心が揺さぶられる。「なぜって……父がギリシア人だったの」震える小さな声でロージーは言った。彼が強力な磁石で、自分はそこにひきつけられる鉄のような気がする。こんな経験は初めてだし、恐ろしかった。「でも私は父を知らないの。私が生まれる前に母と別れて、その後亡くなったから」

「お母さんは？」

「十六のときに亡くなったわ。糖尿病だったのに治そうとしなくて、心臓発作を起こしたの。身寄りは誰もいないわ。あなたは？」なぜそんなことをきくのだろうと思ったが、関心を持ってくれたことがうれしくもあった。

「両親は十年前に交通事故で亡くなった。僕は一人っ子だから、遠い親戚が二人ほどいるだけだ。でも天涯孤独のほうがいいと思っている」

ロージーは不思議そうに眉を寄せた。「なぜ?」

「家族は厄介な問題を持ちこむものさ」彼はそう言うと固く唇を結んだ。

それはそうだろう、と母のことを思ってロージーは考えた。あれだけ母にいやな思いをさせられても、ロージーは身寄りのないことを喜べなかったが、アレックスの表情は、彼が血縁関係を嫌っていることを物語っていた。「でも家族って、喜びや安心をもたらすものでもあるわ。力がもらえたり、慰められたりすることもある。養父母の家で、そう感じたわ。だから私は自分の家族を持ちたいの」ためらうことなくロージーは言った。

「それでギリシア語を習おうと思ったのか?」

「まさか。私の知るかぎり、ギリシアに親戚はいないもの。でもギリシア人の血が混じっていたら、言葉も簡単に覚えられるんじゃないかと思ったの」ロージーは顔をしかめ、自嘲するように笑った。「大きな間違いだってわかったけど」

アレクシウスはそんな彼女をじっと見つめていた。なぜこの小さな顔に、こんなにまでひきつけられるのかわからない。表情豊かな瞳とそこに宿る穏やかな悲しみのせいだろうか? 繊細な骨格のせいだろうか? ロージーが笑うと顔がぱっと明るくなり、胸が締めつけられるような気持ちになった。一緒にいるととても自然で、リラックスできるが、こんな女性は初めてだった。家族の話が出たら、堂々と彼の意見に反論したし、恐れる様子もなくきちんと持論を述べた。アレクシウスが普段付き合っている連中は、男女を問わず彼にひたすら同意し、洞察力や知性をほめたたえることしかしない。ロージーはデザートをスプーンで少しずつすくって、大切そうに味わい、時折唇をなめながら口に運んでいる。ふっくらした柔らかな唇を見ていると急に欲望がこみあげてきてアレクシウスは驚いた。彼女は僕をからかいたくてわざとしているのだろうか。それとも無心を装って、気をひこうとしているのだろうか。

急に二人を沈黙が支配した。ロージーはアレックスに見つめられているのを意識せずにはいられなかった。それと同時に自分の呼吸の一つ一つや、いつもは存在さえ忘れている下腹部のあたりが脈打つような感覚が、生々しく意識にのぼってくる。電気ショックのような緊張で体を動かすこともままならないが、体の芯に巣くった熱はどんどん増してくる。ロージーは黙って彼を見つめ返した。これが欲望というものだ、とわかったが、自分がそんなものを感じていることが信じがたかった。以前にも一度男性に対してこんな気持ちを感じたことがある。あのときは十六で、相手は寝室に貼ったポスターの中のロックスターだった。アレックス・コロボスがはらんでいる危険は、あれとは比べようもない。

「そろそろ帰らないと。ごちそうさまでした」自分では制御しかねる感情や反応を持て余したロージーは、そう言ってその場から逃れようとした。自分の中に危険で、愚かしいものがあることがわかる。もしかしたら自分には思っている以上に母の血が流れているのではないかというひそかな恐怖が、ロージーにはつねにつきまとっていた。ジェニー・グレーはすぐに男に夢中になり、だまされ、ベッドをともにし、捨てられていた。母はいつも苦しい人間関係の混沌《こんとん》とした渦に巻きこまれ、もっといいものをと求めては失敗し、それでも新しい男が現れるたびに希望をつなぎ続けていた。

アレックスはぱっと立ちあがってロージーの手からコートを取り、着せかけてくれた。

「こんなふうにしてもらうことに慣れていないから」ロージーはそう言いながら顔を赤くした。「ここでいいわ。家は三軒先だから」通りに出ると彼女は言った。

アレクシウスは何も言わずについてきた。傷だらけの玄関のドアの鍵を開けようとしていると、急に手が伸びてロージーの腕を押さえた。振り返るとあの銀色の瞳があった。ロージーの鼓動は速まり、喉が締めつけられて息がつまりそうだった。

彼の手が伸び、髪に差しこまれた。黒い髪の頭が下りてきて――彼にはそうするのに長い時間がかかったように思えた――ロージーの唇をとらえた。たった一度なのにその甘いキスは、まるで強力なブランデーのようにアレクシウスを酔わせた。彼はロージーの細い体を床から抱えあげるようにして、もう一度唇を重ねた。こんなに強烈に女性が欲しいと思ったのは生まれて初めてだった。

最初のキスにショックを受け、凍りついたロージーだったが、すぐにその体がとろけだし、身を焼きつくすほどの燃える炎に包まれた。彼を求める思いがこみあげ、ロージーはアレックスの首に腕を回しかけた。抱きしめられると天にも昇る心地になった。一度のキスでは足りなかった。すぐに次のキスが欲しくてたまらなくなる。舌が侵入してくるとロージーはあえぎ、彼に強くしがみついた。どうしていいかわからないまま、下半身を強く押しつける。

息が乱れて一瞬体を離したロージーは震えていた。このまま彼を帰したくなかった。

「入ってコーヒーでも飲んでいって」声が自分の声ではないように聞こえる。

コーヒー……ロージーは大きく玄関のドアを開ける。それが口実だということぐらい、誰でも知っているはずだ。私はなぜこんなことを言っているのだろうと思うと、パニックが襲ってくる。彼はとても普通に付き合える相手ではない。それに私は一夜だけの情熱など求めていない。体は彼を求めているけれど、本当にベッドをともにしたら私はずっと喪失感を抱き続けることになる。男性と安全に付き合おうとしたら、距離を保つしかない。自分に与えてくれる以上のものを求めてはいけないし、感情移入しすぎても、傷ついてもいけない。でもアレックスといると、そのルールを全部破ってしまいそうだった。こんなに危険なことはないのに。

アレクシウスは顔を上げた。その灰色の瞳は伏せられ、表情は自分を抑えているように硬かった。僕は何をしているんだ？　ここで何をするつもりなんだ？　興奮した体を静めようとして身をこわばらせながら、彼はロージーの体を床に下ろした。何も考えずにいたら、この場で彼女を押し倒して抱いてしまいそうだ――彼女が欲しい。長い間、女性をこんなに強く求めたことはないが、そのことは別に問題ではない。何が問題なんだ。性の衝動を問題視する必要はないのに。

彼女がどんな暮らしをしているか知りたくて、彼は家の中に入った。玄関ホールのペンキははげ、絨毯《じゅうたん》はすりきれている。薄汚れた下宿を見て、アレクシウスは初めてソクラテスに対して批判的な気持ちを持った。母親に金を与えたと言ったけれど、その金がきちんと子どものために使われるかどうか、なぜ見届けなかったのだろうか。

居間に通じるドアが開いて、小さな犬が走ってくると、喜びを全身で表現してロージーの膝に飛びついた。ロージーはおもちゃのように小さな犬を抱きあげて頬ずりする。大きな耳をぴんと上げた犬はビー玉のような目を見開き、アレックスを見て小さくうなった。チワワなのだろうが、どう見ても漫画に出てくるねずみのようにしか見えなかった。

「バスカビル……バスっていうの」

「あら、おかえりなさい。この子、ずっとあなたを待っていたのよ」姿を現した、同じ下宿に住むマーサが言った。「いつもあなたが帰る時間がわかっているらしくて、今日は遅いから何度もドアの前をうろうろして耳を立てていたわ。一時間以上そうしていたわね。あら、お客さま?」

「遅くなるって電話すればよかったのだけど」ロージーはすまなそうに言った。「バスの世話をしてくれてありがとう」

「バスはしばらく預かるわ」年上のマーサはわけ知り顔に笑いかけ、ロージーの手から犬を受けとった。「この子といるとほっとするの」

マーサはそのまま居間に姿を消した。「コーヒーでもいかが？」沈黙を破ってロージーはおずおずと尋ねたが、緊張のあまりとてもアレックスの顔を見る勇気はなかった。不安で胸が一杯のロージーは、そのとき突然、自分はこれまでずっと母と同じ間違いを繰り返すのではないかと、おびえながら生きてきたことに思いあたった。

「いや。君が欲しい」アレクシウスは性急に言ってロージーの小さな体を抱きよせ、もう一度待ちきれないように唇を重ねてきた。

キスしたいという思いを抑えきれずにいたロージーは抗《あらが》わなかった。そのキスも、それに続くキスも、酔ってしまいそうなほどすてきだった。欲望は滑りやすい坂道のようだと、ロージーは初めて知った。いったんドアを開けて最初の小さな兆しが入るのを許してしまえば、次々となだれこんでくる。舌がからみあうと、全身を震えが走った。体が熱くなったり寒くなったりして、ショックと彼を求める思いが交互に生まれた。今まで経験したことのないような感覚がどんどん押しよせてくる。そんな状態のときに体に触れられると、何もかも忘れてしまいそうだった。

「君の部屋は？」アレクシウスはかすれた声で言うとロージーを抱きあげ、きっぱりした足取りで歩きだした。

　ロージーは困ったような顔でそんな彼を見る。「あの、私、いつもこんなことをしているわけじゃないのよ、アレックス。男の人を部屋に入れるのは初めてなの」

「僕をほかの男と一緒に扱ってもらいたくないな、いとしい人《メリ・ムー》」彼はくぐもった声で言いながら階段を上がる。

「最初の右のドアよ」ロージーはためらいながらも言った。胸がどきどきして、いつ心臓が止まってもおかしくないような気がした。「いいえ、違う。最初の左のドア」

　彼が前よりももっと性急に唇を重ねてきた。そのとたん、ロージーの体は跳ねあがった。彼女は彼を激しく求め、同時に悟った。彼は特別な男性だと。ほかの人とは違って魂の深いところで彼にひかれるものがあった。彼は肩でドアを押し開けるとロージーを小さなベッドに横たえ、それと同時に敏感な下唇をそっと噛《か》んだ。何もかも知りつくしているかのような唇が、繊細な喉元をたどっていく。今まで自分でも気づいていなかった場所にからかうように唇が触れると、目の前が真っ暗になってしまうほど強烈な何かがロージーの体を走りぬけた。まだ頭のどこかにある疑いの念が二度と顔を出さないように、ロージーは固く心のドアを閉ざした。

3

アレックスはベッドサイドのランプのスイッチを押した。薄暗い明かりに照らされた小さな部屋はほとんど何もなく、殺風景でわびしかった。最近越してきたばかりだからだろうと思いながら、彼はロージーを見おろした。彼女を求める熱い思いで体がこわばっているのがわかる。

長く美しい髪が枕に広がり、大きな瞳はぼんやりと見開かれたままだ。キスのせいで唇が赤くなり、少しはれている。ロージーは船乗りを誘惑する海の精のように、彼の心を引きつけた。彼はロージーの靴を、そして実用本位の質素な靴下を脱がせた。着ているものすべてをはぎとってロージーを見たかった。ロージーは、どうしていいか戸惑いながら両肘をついてアレックスのズボンに手をかけたが、その手は簡単に払いのけられてしまった。男と女は普通こうするものなのかしら――こんなときどうすればいいのかわからない自分が、ロージーは歯がゆかった。じっと横たわって、服を脱がせてもらうべきなのだろうか？　それとも自分で脱ぐのだろうか？　そんなことはとてもできそうにない。

「怖がらなくても噛《か》みついたりはしない」めまぐるしく表情が変わるロージーの心を読んで、アレクシウスは冗談を言ったが、なぜ彼女はこんなに緊張しているのだろうと思わずにいられなかった。

「私、こういうことに慣れてないから」ロージーは弁解するように言う。「期待しないで」

「心配はいらない」自信たっぷりなアレクシウスの言葉が、ロージーをますますおびえさせる。「君は十分に情熱的だ」

「一度キスをしただけでなぜわかるの？」左右対称の整った、男らしいセクシーな頬骨や、神秘的な美しい銀色の瞳に目を奪われながらも、ロージーはからかうように言う。

「一度だけではなかっただろう？　それに君が僕を見る目には、熱い情熱がこもっていた」

ロージーがあわてて目を閉じるのを見て、彼はうれしそうに笑った。その声にロージーの羞恥心や不安は少し和らいだ。「それで、あなたは？」彼女はおずおずと目をあげてきいてみた。

「君と同じだろうな。最初に会ったときから、君から目が離せなくなった」

そう、初めて会ったとき、彼はじっと私を見ていた。彼の言葉はロージーに勇気を与え、失いかけていた自信を取り戻させた。気がつくといつの間にかパンツが脱がされ、彼が細い脚に貼られた絆創膏《ばんそうこう》を見おろしていた。小柄で細いながらロージーの体は完璧な調和を保っている、と思いながら彼は自分のネクタイをゆるめた。ロージーが膝をついて手を添え、それを手伝ってくれる。その手がスーツの上着の下に滑りこんだ。シャツ越しに筋肉質の固い体の熱が伝わってくるのを感じて、ロージーは手を止め、初めて正面から彼の目を見た。そしてそこに宿る、燃えるような情熱をうれしく思った。今のアレックスはクールという言葉からは程遠いし、熱い思いを隠そうともしていなかった。

彼は大きな手でロージーの小さな顔を挟みこみ、むさぼるようにキスをしてきた。支配したいという彼の思いがロージーを圧倒した。同時に、彼が満足していることが喉の奥から声にならない低いうめき声になって伝わってきた。

めまいがしそうで胸が苦しくなり、ロージーは彼の肩に体を預けた。いつチュニックのボタンがはずされたのだろう。彼の手が直接肌に触れるのを感じて、ロージーの胸の鼓動はドラムのように激しくなった。

胸が小さいので昔からブラはつけたことがない。触れられたら胸が小さいことがわかってしまう。それを知ったら、彼はどう思うだろう。だがアレックスは戸惑う様子も、驚く様子も見せずに片手で小さな胸を覆い、その先端を親指でそっとなでた。そこから爪先まで強い電流が走りぬけたような気がして、ロージーは体を震わせる。もう一方の手で彼女を横たえると、彼は上着を床に脱ぎすてた。

「どうした?」アレクシウスはチュニックの裾を持ちあげつつ、鋭い、問いかけるような目でロージーを見た。「ずいぶん緊張しているみたいだ」

「あの、着たままではだめ?」思わず懇願するような声が出た。

「だめだ」彼はあっという間にロージーの頭からチュニックを脱がせてしまった。

無防備な体を彼の前にさらすのが恥ずかしくて、彼女はあわてて胸を両腕で隠そうとした。

「君の体が好きだ」低い声がする。

「私は好きじゃない」

自分の体に満足している女性はめったにいないことをよく知っている彼は、その答えを無視して自分もシャツを脱いだ。うっとりするほどたくましい、逆三角形で筋肉質の上半身が現れた。ロージーは喉がつまるような衝撃を覚えた。口の中がからからに乾く。この人は服を脱いだときのほうがもっとすてきだわ。そんなすてきな人が、なぜ私なんかを相手にするの——だがロージーはあわててそんな自嘲的な思いを心の隅に押しやった。

次に彼のズボンが取りさられた。高ぶっていることが、はっきりとわかり、ロージーは息をのんだ。長くて形のよい太腿から広い肩、細い腰。彼の体はどこもが力強くしなやかな筋肉に覆われていて、男性的だった。最後の一枚が取りさられるとロージーは恥ずかしくなってあわてて視線をそらしたが、彼がベッドに上がると、自分を求めている印が直接太腿に触れた。ロージーは思わず考えずにはいられなかった。私は大人の女よ。これがどういうことか、今やっと体験するんだわ。

「冷たいね」ロージーの手足は不安のせいで冷えきっていたが、彼の体は燃えるように熱かった。

唇が重ねられた。舌が差しいれられると、ロージーは思わず彼の肩をつかんだ。めくるめくような熱い炎がロージーの体に宿る。こんな気持ちは初めてだった。正気を失い、欲望に酔いしれている。彼を求める思いにめまいがして、体が震える。ロージーは豊かな黒い髪に指を差しこんだ。

アレクシウスははやる気持ちを必死に制御した。こんなに小さくて繊細なロージーを傷つけてはならない。信頼に満ちた目を大きく見開き、自分を見あげているはかなげで純真なロージーは、彼を狼狽《ろうばい》させた。そのとき彼女がかすかに身動きした。なめらかで柔らかな肌がこすりつけられる感触と、桃の花を思わせるかぐわしい香りが彼を虜《とりこ》にし、猛々《たけだけ》しい欲望を再びよみがえらせた。豊富な経験と強い自制心を兼ね備えている彼は、芽生えかけていたロージーへのあわれみの気持ちを抑えつけた。彼女は喜んでいる。僕もそうだ。余計なことを考える必要はない。これはセックスだ。それ以上でも、それ以下でもない。僕にとってセックスは今までも、今も、体を重ねることでしかない。

彼は体をずらし、つややかな黒髪の頭を下げると、ほんのりとアプリコット色に染まっている、とがった胸のつぼみにキスをした。ロージーはそこから下腹部まで一気に何かが走りぬけたような気がして、思わず歯を食いしばった。指の間でその感じやすい頂を転がされ、口で吸われると、ロージーは腰を浮かしてあえいだ。

「気に入った？」アレクシウスがささやく。

「ええ、とても」ロージーの声は震えていた。

だがそれはまだ始まりでしかないことを、彼女は教えられた。指が腿の内側の敏感な肌に触れると、もっと触れてほしくて耐えがたい思いがわきおこる。ロージーは身をよじり、息もできなくなった。彼の指がさらに下に移動し、じらすように円を描いて動き始めると、耐えきれない気持ちは頂点に達した。

「お願い……」ロージーはついにそう口にしたが、何を求めているのか自分でもわからなかった。わかっているのは今までこんなに必死になって求めたことがないほど、何かを求めている事実だけだった。

「君は大丈夫なのか？」アレクシウスが突然言った。こういうときに必要なものを入れてある上着は、手が届かない床に投げすてられている。

生理痛がひどくてピルを処方されているロージーは、黙ってうなずいた。「それほど愚かじゃないから。私なら大丈夫よ」

アレクシウスはロージーの腰の下に手を差しいれて体を持ちあげると、ゆっくりと慎重に自分の体を沈めてきた。「君は本当に小さい。まるで初めてみたいに……」

そうよ、と言おうとしたが、とても言葉を発せるような状態ではなかった。自分の体がしなやかに広がって彼を受けいれている。それはこれまで経験したことのない不思議な感覚だった。やがて彼が耐えられなくなったように動きを速めると、鋭い痛みが襲ってきて、彼女は思わず声をあげた。

「一体どうしたんだ……?」アレクシウスはやはり、と思いながらも声に出さずにはいられなかった。

「先に言っておくべきだったかしら」大きな声をあげてしまったのを恥ずかしく思って、ロージーは小声で言った。

アレクシウスは不安げに顔を赤らめているロージーを、威嚇するような目で見つめる。

「初めてだったのか?」

「ええ。でもこれは私が選んで、私が決めたことよ」ロージーにはそんな答えしかできなかった。

アレクシウスはいらだったように歯を噛みしめた。私が決めたことか。自分ではなく、人が決定したとおりに動くのは彼にとってありえないことだったが、今となってはあと戻りはできなかった。彼はあきらめたように、改めて絹を思わせる熱い小さな体に深く身を沈めていった。

ロージーの体の奥に喜びの小さな揺らめきが生まれ、広がり始めた。もし彼がやめてしまったらどうしようと思って怖かった。やめてほしくなかった。だが彼はさらに激しく、速く、深く動き始め、息もできないほどの喜びにロージーは満たされようとしていた。今、ロージーを支配しているのは、徐々に高まっていく感覚とエネルギーだけだった。彼女は自ら腰を上げ、深く迎えいれるように本能的に彼の体に両脚を巻きつけた。喜びは電流を思わせる幾重もの波となって襲いかかってきて、ロージーの細胞を熱く焦がし、やがてその頂点に達した。アレクシウスも体を震わせ、初めて味わうような喜びの極みで、彼女の中に自分自身を解き放った。ロージーを見おろすと、彼女は頬に涙を伝わせていた。驚きをたたえた瞳で見あげるロージーを見て、アレクシウスは彼女が初めての経験に圧倒されているのを理解した。普段なら満足さえ得られればすぐに体を離す彼が、なぜかロージーを抱きしめずにはいられなかった。重なりあった二つの心臓が、同じように激しく轟《とどろ》いている。

「大丈夫か？　痛みはなかったか？」熱い彼の息がロージーの頬にかかった。

「ええ」ロージーは恥ずかしさを隠すように彼の褐色の肩に顔をうずめ、熱い、ムスクを思わせる香りを吸いこんだ。幸福感と疲労で、体がふわふわと浮きあがるようだった。

「大丈夫よ、アレックス」

「どこかでシャワーを使えないかな？」急に抱きあっているのが落ち着かなくなった彼は、ロージーから離れる口実を求めて言った。女性をじっと優しく抱きしめていたりするのは好きではないのに、なぜかロージーを抱いていると心地よく、どうしたわけか彼女を邪険に突き放して傷つけたくない気がしてくる。

「夜間はお湯が出ないの」困ったようにロージーがつぶやいた。「ごめんなさい」

「いいんだ」ちっともよくはなかった。温かいシャワーさえ自由に使えない現実は、これまで付き合ったこともない女性とありえない環境にいるという事実を彼に突きつけた。普段は論理的で自制心があり、何事も計画してからでないと動かない自分が、なぜロージーとこんなふうになってしまったのだろう――わけがわからず、突然事故にでもあったような気がする。何がどうなって、こんなことになったのだろう。掃除道具を持って立っている彼女を見た瞬間から、こういう結末が決まっていたのだろうか。小柄でかわいいタイプには興味がないはずだったのに、とアレクシウスは苦々しい気分で思いを巡らせた。僕の素性も正体も知らないのに、この女性は僕を信頼した。そのことが彼をいらだたせていたが、どうしてなのかわからなかった。穏やかで規則的な呼吸と急に増した体の重みで、彼はロージーが眠ってしまったのを理解した。そっと片足をベッドから下ろし、静かにロージーの体をベッドに横たえると上掛けをかけ、手早く服を着た。彼の表情は険しかった。

廊下に出ると、何かがズボンのすそを強く引いた。うなり声で下を見ると、バスが彼のズボンをくわえていた。振り払おうとしたが、バスは逆に彼のすきをついて、針のように細く鋭い歯を立ててアレクシウスの脚に噛みついた。彼は驚き、歯を食いしばりながら、身をかがめて犬を引きはがしたが、バスが必死で抵抗するので容易ではなかった。やっとのことでもがく小さな体を片手で持ちあげると、犬は大きな茶色の目をむき、こうもりを思わせる耳を立てて彼をにらんだ。

「そうだな。お前が怒るのも当然だ。僕が悪いんだ」アレクシウスが部屋のドアを開けてやると、犬は急いで中に入っていった。そういえばシャーロック・ホームズ・シリーズに同じような名の小説があった。『バスカビル家の犬』といっただろうか。体は小さいがバスは名前負けしない強い犬のようだ。噛まれていなかったら笑っているところだった。

僕がいやな男だったらソクラテスにロージーのことを悪く言うだろう。そうなれば彼女は財産を手に入れられず、僕は二度と彼女に会うこともなく、自分がしたことも忘れられる。だがロージーという女性を知った今、そんなことはとてもできなかった。それに、一度彼女を抱いて火がついてしまった。もう体が彼女を求めている。だがそれはだめだ。名付け親の孫と関係を続けるなんて、問題外だ。ソクラテスが知ったら、ロージーと結婚しろと迫られるだろう。ロージーがこれまで経験したどんな女性よりも刺激的なのは事実だが、僕は誰とも結婚する気はない。僕が彼女に提供できるのはセックスだけだが、この状況では、それだけでは十分ではない。

アレクシウスは階段を下り、玄関の外に出た。いつも影のように付き添うボディガードが四人、通りに停《と》めた車の中で待っていた。彼は車に合図を送った。これで終わりだ。僕は僕の生活に戻る。数日たったらロージーとの奇妙な体験など忘れてしまうだろう。彼はいらいらしながらそう考えた。間違いを犯したのは事実だが、誰だって間違いは起こす。一夜の情事を持ったくらいで自分を責める必要はない。

翌日、ロージーは寝坊して危うく数学の授業に遅れそうになった。アレックスが連絡先も残さず、彼女の電話番号もきかずに去ったことをよく考える余裕が生まれたのは、夕方になってからだった。経験豊富な友人たちに聞いた話ではよくあることらしいが、何よりロージーを打ちのめしたのは、自分が会ったばかりの男とベッドをともにしたという事実だった。雑誌を読んでも、男は簡単にベッドに行く女を手軽な遊び相手としか見ないようだ。でももしかしたらアレックスは、月曜の夜にまた私と会えると思っているのかもしれない、とロージーは自分を慰め、彼に再会できる望みをつないだ。

夕方家に戻って、すばらしい花束が自分あてに届いているのを見て、ロージーは天にも昇る気分になった。添えられているカードには、〝A〟という文字だけが書かれていた。二度と会う気がない相手に、こんな高価な贈り物をするはずがない、と心がうきたつ思いで、ロージーは同じ下宿の仲間から花瓶を借り、みんなが楽しめるように居間に花を飾った。

だが月曜の夕方、ロージーがＳＴＡインダストリーズに行くと、アレックスがいた部屋は空だった。出張に行ったのかもしれない、と自分を慰めたが何日たっても彼の姿はなく、ロージーの楽観的な気分はなえていった。私を避けているのだろうか、と考えると悔しさに身がすくんだ。清掃員なんかと寝たことを恥じているのだろうか。

金曜日、バネッサから電話があり、翌週からはほかで仕事をするようにと指示された。STAインダストリーズでの仕事は終了したのだそうだ。本社との短期の契約はこれで切れるが、バネッサの会社はSTAの別の子会社から一年の長期契約をもらえたという。そう、これで終わりなのね。その週末、ロージーは麻痺《まひ》したような心を持て余していた。これでもうアレックス・コロボスに会うことはない。花を贈ってきたのは気がとがめたから。もう会う気はないという意思表示だったんだわ。

私は彼の欲望のはけ口にされただけだった。そのことになぜこうも傷ついているのだろう。先を考えずに危険を冒し、知りもしない男を信じるからこんなことになったんだわ。これを教訓にしなければ、とロージーは自分に言い聞かせた。自分の気持ちがこれほどまでに乱れているのがうとましい。アレックスは私をベッドに連れていきたかっただけなのだ。簡単に目的が達成できたから、それでおしまいということなのね。初めてだったことに彼が驚いていたのが、今さらのように思いだされる。経験がない女はつまらないから、彼は去っていったのだ。

二週間が過ぎた。いつも規則正しく訪れる生理がまだないことをロージーは少し気にしていた。ピルをのんでいるのだから心配ないと思う一方で、アレックスとベッドをともにしたことが心に引っかかっている。不安な一週間が過ぎたが何も起こらないので医師を訪れた彼女は、妊娠を告げられた。

「でも、ピルをのんでいます。ピルをのんでいれば妊娠しないはずです」ロージーは思わず叫んだ。

親切で、理解がありそうな医師は、ロージーにいくつかの質問をしてきた。その一つが、最近胃の調子が悪くはなかったか、という質問だった。気持ちが悪くて吐いてしまった夜のことを思いだしたロージーははっとして、困惑した目で医師を見た。

「そのときにピルも吐いてしまったんですね、たぶん。そういう場合には一カ月くらいほかの手段で避妊をしなければ意味がないんです」医師はため息をついた。

ロージーは茫然《ぼうぜん》としたままクリニックを出た。医師の言葉がとても信じられなかった。アレックスと過ごしたあの短い時間で子どもができたなんて。でもクリニックで手渡された何枚ものパンフレットにはひどく現実味があった。赤ちゃん――考えてもどうしていいかわからない。自分が生きていくのさえ精一杯なのに、子どもができたらどうやって生活していけばいいのだろう。

アレックス・コロボスにも責任があるということにロージーは思いあたった。なぜ彼は避妊手段を講じてくれなかったのだろう。私だけに頼るなんてずるい。しかも私の人生がめちゃくちゃになろうとしているときに、彼はそのことさえ知らずに自由を謳歌《おうか》しているなんて。苦い思いがロージーを苦しめた。たった一度、生まれて初めて道を踏みはずしたために、なぜこんなことになるの？　私が不注意で身ごもってしまったかわいそうな小さな命は、どうすれば幸せな人生を送れるだろう。ロージーは秋になったら大学に入学することになっていた。すでに二つの大学が、これから受ける試験の成績次第でロージーを受けいれると許可を出してくれている。その試験は二週間後に迫っていた。経営学科に入るつもりでいるが、子どもがいては学校に通うのはとても無理だろう。

アレックスに話すしかない。その夜、いつものように清掃の仕事をしながら、ロージーは重い気分で決意した。彼には知る権利がある。彼の子どもなのだから。腹は立てないにしても喜ぶはずはないだろう。でも気の毒だとは思わなかった。子どもができても、彼は自分ほど足を引っぱられないのだから。

翌朝、気力がなえないうちに、ロージーは地下鉄に乗ってＳＴＡインダストリーズの本社に向かった。

エレベーターで最上階に上がり、アレックス・コロボスに会いたいと告げると、洗練された服装の受付係は礼を失さない程度に好奇心をあらわにして、ロージーを見た。

「そのような社員はおりませんが」若い受付係はそっけなく言った。

「いるはずです。だって二週間、いいえ、三週間前にここで会ったんですから。いつも残業していて」受付係の渋い顔を見て、ロージーは頬を染めながら言った。「呼んでいただけますか。それまでここで待ちますから」

「でも、いないものはいないんです」受付係は取りつく島もない。「社員はすべて把握しておりますが、そのような名前の者はおりません」

ロージーは緊張しておずおずと、豪華な待合室の革張りのソファの端に腰を下ろした。ぱりっとしたスーツに身を固めた社員たちの中で一人浮いている、粗末なジーンズとジャケット姿の自分がいたたまれなかった。アレックスは嘘《うそ》をついていたの？　偽名を使っていたとか？　机の上のあの写真は彼の家族だったのだろうか。そう思うと急に気分が悪くなり、顔が青ざめた。受付係は誰かと電話で話しているが、わざとロージーのほうを見ないようにして小声で話しているのがわかる。私のことを話題にしているの？　それとも考えすぎだろうか。そのとき、受付係が急に驚いたようにロージーを見て顔をしかめた。

「あの、少しお待ちください。今、別の者がまいります」彼女は狼狽したように言った。

警備員を呼んで私をつまみだそうとしているのだろうか――ロージーは真っ赤になった。アレックスは結婚していたの？　偽名で私に近づいたの？

そのとき、スーツを着た年配の男性が受付に現れた。「ミス・グレーですね？」

ロージーはよろめきながら立ちあがった。「あの、アレックスがいたオフィスがどこかわかっていますけど」

「その必要はありません……アレックスがお会いするそうです。こちらへどうぞ」

受付係が驚いた顔になった。ロージーはどうなっているのだろうといぶかりながら眉をひそめた。あの受付係は嘘を言ったのだろうか——ほてっている顔にかかる髪を手で払い、バッグを持つと、彼女は男性について廊下を歩いていった。つい何週間か前に清掃していた廊下だ。突き当たりは一番の重役の部屋のはずだが、ロージーたちはそこの清掃は任されていなかった。その部屋にはいつも鍵がかかっていたはずだ。

「どこに行くんでしょうか?」

それには答えないまま、男性は重厚なドアを開けた。「ミス・グレーをお連れしました」

ロージーが招きいれられたのは光があふれる広いオフィスだった。まぶしくて思わずまばたきし、緊張のあまり乾ききった唇を舌で湿す。ロージーはガラスを張った机の前にいる男性を見つめた。背後でドアが閉められると、部屋の中に静けさが広がる。

「アレックス?」彼女は小声でささやいた。

背後から差しこむ光の中から抜けでるように、彼が近づいてきた。「僕の名はアレクシウス・コロボス・スタブローラキスという」ゆっくりと彼が言った。「素性を明かしたくなくて、名前の一部だけを君に伝えた。幸い僕のボディガードの一人、ティトスが受付でその名を君が口にしたのを聞いた」

スタブローラキス? ＳＴＡのＳがスタブローラキスの頭文字だということは、ロージーでさえ知っている。彼は社員ではなく、この会社の社長だったのだわ。とてつもないお金持ちで権力者なのに、私に正体を明かさなかった。なぜ？　混乱と緊張が押しよせてきた。ショックがあまりに大きくて、ロージーはめまいがしてきた。

「スタ、ブローラキス？」ロージーは倒れそうになりながら、その名を切れ切れに口にした。頭がくらくらして、彼に目の焦点を合わせることさえ難しい。「でもあなたのような人が、なぜ私なんかと？」

窓から降り注ぐ日の光を受けるロージーの顔は、紙のように白く、瞳には衝撃と不安が宿っていた。ロージーの体が大きくかしぐのを見て、アレクシウスはあわてて前に進みでたが、それより早く、彼女は小さなうめき声とともに床に倒れていた。

これまでに感じたことのない不吉な予感を覚えて、アレクシウスは崩れおちた小さな体を抱えあげた。ロージーが今になって訪ねてくる理由は一つしか思いあたらない。その推測が間違っていることを彼は心から願った。

4

アレクシウスはペントハウスのソファに横たわるロージーをじっと見つめていた。意識が戻ったのか、彼女がかすかに身じろぎする。その唇からため息がもれた。十代の女の子が着るようなジーンズにストライプのセーターとジャケット姿だが、それにしても小さくて、まるで人形のようだった。履いているキャンバス地の靴はすりきれていて、ところどころ裏地が見えている。彼女とベッドをともにするなんて、僕は何を考えていたのだろう。答えは簡単だ。何も考えてはいなかったんだ。彼の視線は最後にロージーの繊細な顔に向けられた。さっきまで青ざめていた頬に少し赤みが戻っている。ふっくらした柔らかそうなピンクの唇を見ていると、この前のようにまた体が反応してこわばった。彼女を見るたび、そう感じてしまう。海岸に波が必ず打ちよせるように。ロージーの熱い体はまだ彼の記憶に新しかった。それ以上に、すべてが終わったあと、驚異の目で自分を見あげたあの瞳が忘れられない。女性からあんな目で見つめられたのは初めてだった。そう、とてつもなく長く感じられたこの三週間、夜になると彼はあのときのことを思わずにはいられなかった。思いだすたび体が興奮して悶々《もんもん》とし、ロージーの夢を見て、満たされない思いに目覚めてはそんな自分に腹を立てる――毎日がその繰り返しだった。

なぜか彼女に夢中になってしまったらしい。一度も女性に深入りしたことはないのに。しかも彼の過ちは記録的なスピードで彼にしっぺ返しをもたらそうとしている。

ロージーは目を開け、大きなガラス窓を見て驚いたように身を起こした。眼下にはロンドンの街が広がっている。自分とは無縁の金持ちしか見られないはずの光景が、目の前にあった。ロージーはまためまいを覚えて顔をしかめた。

「まだふらつくのなら、起きないほうがいい」アレックスが声をかける。

彼はアレックスではなくてアレクシウスだわ、とロージーはきっぱりと自分に言い聞かせた。そう、黒髪の頭を少し片方に傾けてまっすぐに立っているのは、長身で尊大なアレクシウスだった。正体を知った今、そのことがはっきりとわかる。お金のかかった趣味のいい服を着た、裕福で権力を手にしたビジネスマン。銀色の瞳が鋭い光線を放つようにロージーに注がれている。あまりのすばらしさに、ロージーは自分の弱さを思い知らされ、見ているのさえつらくなって視線を落とした。彼がどんな人だとしても、引きしまったハンサムな顔立ちは息をのむほど美しい。こんな男性に迫られたら、簡単にベッドをともにしてもおかしくないと思わずにはいられなかった。取りたてて魅力もないごく普通の女の子がこんな男性に誘惑されたら、とても抵抗できない。

「ここはどこ?」

「僕のオフィスの上にある住まいだ。二人だけで話がしたかったから、君をここに運んだ」短く、冷静な、抑えた口調だった。落ち着き払った態度を見て、ロージーは彼をぶってやりたくなった。

「あなたは嘘《うそ》をついて私をだましたのね」

予想どおりの非難が始まった、とアレクシウスは考えた。「嘘はついていない。真実の一部を言わなかっただけだ」

ロージーは磨きこまれた木の床に足を下ろした。スモークガラスのテーブルや豪華な家具、そして高価なものに違いない絵画を何枚か見ると、またもめまいがしてきた。普段なじんだ環境とはまったく違うここでは、ロージーは水から出た魚も同然だった。「たぶんあなたはいつだってそういうことをしているんだわ。何が目的で私をだましたの?」

「ロージー、座ってくれ。だましたんじゃない。君のおじいさんが――」

「私に祖父はいません」

「君のお父さんのお父さん、ソクラテス・セフェリスはご存命だ」

「母は、父には係累はいないと言っていたわ」顎を突きだすようにしてロージーは言い返した。

髪をポニーテールに結んで、化粧気もないが、ロージーはそれでもとてもきれいだ。そんなことを思う自分に、アレクシウスはうんざりしていた。自分がこれまで魅力を感じていた女性を、彼はあえて頭に思いうかべた。背が高く、グラマーで、上品でしとやかな女性が好きなはずの僕が、なぜロージーのように小柄で、やせっぽちで、気が短く、生意気な女性にこれほどまでにそそられるのだろうか。

「いや、ソクラテスのことは君のお母さんも承知していた。お母さんは妊娠して君のお父さんに捨てられたあと、ソクラテスに経済的な援助を求めている。お金も受けとっているよ」

ロージーは青ざめてゆっくりと腰を下ろした。「でも、そんなお金なんか見たこともないわ」

「だろうな。君が養父母に育てられたとは聞いているが、これは事実だ。君のおじいさんは君のことを気にかけ、苦労せずに安心して暮らせるように心を砕いたつもりだったんだ」

ロージーはキャンバス地の靴を履いた自分の足を見おろした。安心して暮らしたことなどなかった。ベリルのもとにいるときでさえ、いつ別の家庭にやられるかとびくびくしていた。でもそう言われてみれば、思いあたることもあった。一時期、母を訪れると外国の浜辺や豪華なホテルを背景に、派手な服を着てピンヒールを履いた母が笑っている写真を次々に見せられたことがあった。よほどお金持ちのボーイフレンドを見つけたのだろうと思っていたのだが、もしかしたらブランド物の服や頻繁に海外旅行に行く費用は、ソクラテスという人がくれたお金から出ていたのではないだろうか。母のジェニー・グレーが嘘をついていたとしても不思議ではない。手元で育ててもいない子どもの養育資金を使いこんだとわかったら詐欺罪で訴えられる可能性だってあったはずだ。ロージーは悲しい気持ちで考えた。思い返せば、母はしょっちゅう自分に都合のいい嘘をついていた。お金を流用したことを隠したくて、祖父の存在自体を娘に秘密にしていたのかもしれない。知らなかったのは自分だけで、アレクシウスの話は事実かもしれないけれど、彼はなぜ会ったこともない祖父の話を持ちだすのだろう。

「そのことがあなたと、どんな関係があるの？」闘志をかきたてられたようにロージーは勢いこんで尋ねた。「私の祖父という人とどんな関係なの？　それになぜ私のことをそんなに知っているの？」

「ソクラテスは僕の名付け親で、長年の友人だ」取り乱した様子だったロージーが少し落ち着いたのを見て、アレクシウスはゆっくりと息を吸いこんだ。「ソクラテスに頼まれたんだ。君と知りあいになって、どんな女性か報告してもらいたいと」

「私と知りあいになる？」ロージーは明らかにひどく驚いた様子だった。「なぜそんなことを？」

「君をギリシアに招く前に、どんな人なのか知っておきたいと思ったんだ。僕の判断を信頼して、その役目を僕に任せた。君のために言っておくが、僕は君のことを、孫として迎えるに値する女性だと報告した」彼は恩着せがましい口調で付け加えた。

「それで私に近づいて、ジェイソンから助けてくれたり、食事に誘ったりしたわけ?」そう思うと胸が悪くなりそうだった。ロージーの心は重く沈んだ。部屋を沈黙が支配する。全部嘘だったのね。最初に私に興味を持ったのも、ベッドの中でのあのめくるめくような喜びも、すべて。

「もちろん、君とあんなことになったのは予想外だった」アレクシウスの口調には嫌悪が感じられた。

それに気づいたロージーはミルクのように白く、血の気を失った顔になり、茫然《ぼうぜん》と相手を見返した。緑をたたえた大きな瞳には苦悩と非難がこめられていた。小さな手が固く握りしめられている。

「君が動揺しているのにつけこんであんなことをしたのは悪かったと思っている」謙虚に謝ることには慣れていないが、アレクシウスは自分を叱咤《しった》してわびの言葉をつぶやいた。この十年で最高のセックスについてわびようとは思わないが、ふさわしいことではなかったと自覚していた。

ロージーは長いまつげを伏せたまま彼を見つめていた。こんなことになってなお、アレクシウスに反応している体がうとましい。彼といるだけで胸は張りつめ、脚の間が潤ってくるのがわかる。彼のせいでこんなに求める体になってしまったけれど、彼は思っていたような男性ではなかった。彼が立場を利用して私を誘惑したとは思いたくない。自分がみじめになるだけで、運命に抗《あらが》えなかった自分自身のふがいなさを認めることになる。

そんなことをして彼との親密な行為をおとしめたくなかった。

「お札をわざと床に落としておいたのも、私を試すためだったの？」苦々しい口調で彼女は言った。

「ありふれていたが、あれで君という人がよくわかった。ソクラテスのために、君が信頼できる人かどうか調べる必要があったんだ」アレクシウスはよどみない口調で言った。「君に近づいたときも、傷つけるつもりなどなかった。友人に頼まれて力を貸しただけだ。君のほうは、おじいさんについて知りたいことはないのか？」

アレクシウスの声にとがめるような響きを感じて、ロージーはますます身を硬くした。

「ないわ。五分前まで存在さえ知らなかった人に、どんな興味があって？　私の存在を知りながら今まで会おうともしなかった人よ。しかも自分が姿を見せる前に、私がどんな人間か調べるよう、あなたに頼んだなんて」

家族が欲しいと言っていたロージーに、これほど辛辣に、そして冷静に批判されるとは思わず、アレクシウスはがっかりして苦い表情を浮かべた。

「彼の立場もわかってあげてほしい。ソクラテスは二週間ほど前に心臓の大手術を受け、今はアテネの自宅で療養中だ。とても君に会いにロンドンに来られる状態ではないんだ」

「それはお気の毒だけど、陰でこそこそ私のことを探るような人に何も言うことはないわ」ロージーはぴしゃりと切りすてた。「こんな形でおじいさまがいるなんて知りたくなかった。あなたは私に嘘をついて——」

「嘘はついていない」アレクシウスが冷たい視線を向けてきた。「アレクシウス・コロボス・スタブローラキスは僕の本名だ」

一夜のうちに霜で凍りついた花のように、ロージーの顔がこわばった。「いいえ、嘘をついたわ。ばかな私はすっかりだまされて、あなたが本当はどういう人かも知らないまま、あなたの言いなりになったのよ」

アレクシウスはロージーのそばに行きたい衝動をこらえ、その場に立ちすくんだ。濃い緑色に変わった瞳の奥に宿る苦悩が、彼を打ちのめした。「謝るよ。でもおじいさんに会ったら君だって——」

「会うつもりはないわ」ロージーはぴしゃりと拒んだ。「ただでさえ問題を抱えているのに、直接会う価値があるかどうか姑息《こそく》な手を使ってこそこそ調べさせるような老人に、会いに行く暇なんかないわ」

「ソクラテスから君をギリシアに連れてくるように頼まれている。僕に腹を立てるのならいいが、その怒りをソクラテスに向けるのはやめてほしい」厳しい顔でアレクシウスは言う。「会わなければきっと後悔する。君は思いやりがある女性のはずだ」

「思いやり?」ロージーは緑の瞳を光らせ、激しく非難するように彼を見た。「あなたの後ろの窓が開いていたら、そのまま突きおとしているところだわ。あなたなんか大嫌い」

「まだろくに僕のことを知らないのに、なぜ嫌いだなんて言えるんだ?」そっけない言葉が返ってきた。

ロージーはむっとして立ちあがり、周囲を観察しながら部屋の中を歩いた。壁の飾りつけから見事に色彩が調和した調度品まで、すべては一流のインテリアデザイナーの手によるものとしか思えなかった。雑誌に載るような家に迷いこんだ気がして、現実感がない。

振り返ったロージーを待っていたのは怒りをたたえた銀色の瞳だった。

「なぜ僕に腹を立てる? 何を怒っているんだ?」叫ぶように彼が言う。

本心を他人に見せず、いつも冷静な様子を保つことに自信があるアレクシウスだが、今は白い歯を噛《か》みしめて怒らずにはいられなかった。

「僕がばかなことをしたために、おじいさんに八つ当たりしないでもらいたい」

「私は自分に害を加えない人に当たったりしないわ。いい人かもしれないけど、会いたいかどうかは別問題だわ。それにはっきり言って、今さらあなたと一緒にどこにも行きたくなんかない」

「僕の何がそんなにいけない? 何を怖がっているんだ」そう言いながらも、アレクシウスの視線はロージーの腰や細いウエストに引きよせられていた。ロージーの体が好きだ。華奢《きやしや》で細いなりに完璧なその体にひかれて、ベッドをともにすることになった。口論になっている今も下腹部が熱く脈打ち、ロージーが欲しくてたまらない。

「あなたは私にとって、違う惑星から来た異星人だわ」反抗的な言葉を吐いてロージーは両手を広げた。「お金持ちで教養があるあなたに比べて、私は貧しく、なんとか学校に行きたいと必死になっている。でもあなたの一番の問題点は、信用できない人だということよ。私に本当のことを言わなかったわ」

彼は形のいい唇をゆがめ、ロージーの怒りをますますかきたてた。「これからはそんなことはしないと誓う。どんなに君が見たくない真実でも、きちんとすべて伝えるよ」

「まずそこから始めてもらいたいわ。だったら改めてきくけど、あなたはどれくらいお金持ちなの？　自家用機は持っている？」

実は何機も持っているが、そこまで明かす必要はないと思って、アレクシウスはただうなずいた。

そこまで金持ちでないことを期待していたロージーは、がっかりして顔を伏せた。「家は何軒も？」

金持ちだと知っても喜んでいないことをロージーの表情から察知したアレクシウスは、うんざりしたように短く息を吐いた。「ああ。両親の実家はどちらも裕福だったから」

役職はともかく、普通の会社員だと思っていた私は、どこまで愚かだったのだろう。こうしてよく見れば、はめている腕時計は金のようだし、真っ白なシャツの袖に光るカフスリンクにはダイヤモンドがあしらわれている。薄いグレーのスーツはどう見ても超一流の店で特別に仕立てられたものだ。社用車を与えられているだけの会社員が、こんな格好をしているはずがない。彼は国際的に有名な大会社、ＳＴＡインダストリーズの社長で、経営者なんだわ。

「なぜわざわざ僕に会いに来た？」アレクシウスは静かな口調でロージーに尋ねた。自分が所有している富を障害、あるいは問題としか考えない女性がこの世に存在するなんて、今まで考えたこともなかった。その新しい発見は彼にとってとても新鮮だった。

ロージーは急に生気を失った瞳を彼に向けると、か細い肩をすくめた。「妊娠したからよ」

衝撃的なその言葉は静かな部屋に響き、沈黙の中で見る見る広がって部屋全体を満たすようだった。ロージーは息苦しさにせかされるように、急いで言葉を続けた。

「驚かせたのならごめんなさい。私、確かにピルはのんでいたわ。でもあの週、気持ちが悪くなって吐いてしまって、お医者さまの話ではそれが原因でピルの効果がなくなったらしいの」

アレクシウスは、誰かが突然パラシュートで目の前に下りてきたかのようにロージーを見ている。顔が青ざめ、緊張しているのがわかった。彼が目を伏せて言う。「妊娠？　確かか？」

「ええ、調べてもらったわ」

「僕の子だというのも？」

「私が初めてだったのはあなたも知っているはずよ。それ以降も、誰とも何もないわ」そうきかれるのは当然だとわかっていても、彼の言葉が恨めしかった。「あなたの子どもよ」

子ども——その言葉がアレクシウスに襲いかかった。心臓の鼓動が速くなり、最悪の予測が当たって、もう逃げ場はないという思いが襲ってくる。恐れていたことが起こったのだ。彼女の罠《わな》にはまってしまった。同じような羽目に陥った友人たちは皆ろくでもない結末を迎えている。そのリスクだけは冒すまいとずっと気をつけてきたのに、避妊具の入った上着が手の届かないところにあるというだけで、うっかり用心を怠ってしまった。経験豊富な自分が気をゆるめたのがいけないのだ。その結果、こんなひどいことになってしまった。

「ショックなのね」ロージーは落胆したのか、体を硬くしている。「私もショックだったけど、でも中絶する気はないわ」

「僕だってそれは望まない」アレクシウスは即座に同意した。「二人とも大人なんだ。なんとか対処しよう」

「赤ちゃんを育てるのは大変だわ」ロージーは絶望したように言った。

養護施設に入ったこともある彼女は、赤ん坊を育てるのがどんなに大変か知っている。最初のうちはかかりきりで世話をする必要があるし、一時も目が離せないし、昼も夜もない。子どもが生まれたらロージーの将来の計画が台なしになるのは目に見えていた。

「こんなときに妊娠するなんて」彼女は恨めしげに言った。「二週間後に試験を控えているのに、とても勉強なんかできないわ」

「試験?」それまで考えこんでいたアレクシウスが、その言葉に反応した。

「ええ、秋から大学に行くつもりだったの」

ソクラテスが集めさせた情報に大切な事実が抜けていたことに、アレクシウスは気がついた。写真が実物の美しさを反映していなかったのと同様に、情報には欠けているものが多すぎた。住所も違ったし、何よりロージーは清掃員であることに満足している女性ではないらしい。意欲を持ち、夢に向かって進んでいる。詳しく尋ねていたら、彼にもそのことがわかったかもしれない。だがロージーが妊娠した今となっては彼女が誰であろうと、何をしていようとそんなことはどうでもよかった。ソクラテスがこれを聞いたらどう思うだろう――アレクシウスは呼吸を整え、気持ちを引きしめた。こうなったからには自分の自由と意志を犠牲にするほかはない。「結婚しよう」

ロージーは悪い冗談でも聞いたように笑って顔をしかめ、たじろいだように言った。

「よして」

アレクシウスは歯噛みをした。現実は受けいれたくないが、こうなった以上彼にとっては問題を解決する方法は結婚以外になかった。「本気だ。結婚して僕の子として育てる。君の面倒もみる」

彼が本気で言っていることにやっと気づいて、ロージーは目を丸くした。「本当に私と結婚してもいいと？」わきあがってくる喜びを押し殺して、彼女は尋ねた。

「ああ。子どものために、君のために、そうすべきだと思う」ロージーを見る、黒いまつげに囲まれた銀色の瞳にためらいはなかった。「その子を君だけに育てさせるわけにはいかない」

「おじいさまの機嫌を損ねるのが怖いのね。でも今どき、子どもができたからというだけの理由で結婚する人はいないわ」

「でも、そうするのがいいと思う。それが実際的だし」

「私は反対よ。あなたは私と結婚したいと思っていないのに。そんな人と結婚したくない。私たちのどちらにとってもフェアじゃないわ」ロージーは静かに言った。「でも、お礼だけは言わせてもらうわね。気遣ってくれてありがとう」

アレクシウスは言葉を失ってロージーを見つめていた。こんなにあっさり断られたことが信じられない。「ありがとう？」

「本当は結婚したくないのに、責任を取るつもりなんでしょう?」ロージーは悲しげに、でもきっぱりと指摘した。「正直に言っていいのよ。私もあなたと結婚したいと思っていないもの」

アレクシウスは形のいい唇を固く結んだ。「僕は正直に言っているつもりだ」

「アレックス、あなたは私を妻にしたいなんて思っていないし、父親になりたいとも思っていない。私にはそれがよくわかるわ」

「君のおじいさんはきっと反対するよ」

「もし会うことがあれば、私が違う考えの人間だと受けいれてもらうしかないわ。義務感で結婚してもらいたくないし、心から歓迎できない男性に父親になってもらいたくもない。そう考えるのはごく当たり前のことでしょう」ロージーはきっぱりと言い切った。「そもそも私はあなたとは違う世界の人間よ。あなたの友達は私のことをばかにするだろうし、あなたも恥をかくわ。私は清掃作業員よ」

「僕がそんなことはさせない」興奮のあまりいつもよりギリシアなまりが目立つ彼の言葉には、ロージーの背筋を震わせる何かがあった。「いい夫、いい父親になるように努力する」

「でも、あなたは私を愛していない。それに、あなたがいつだって努力していると思ったら私だって自尊心が傷つけられるわ」

アレクシウスは軽蔑したような視線をロージーに向けた。「愛？　愛と欲望のどこが違うんだ？　同じさ。その点で、僕は君を失望させないと思う」

シニカルな彼の考えを聞かされて、ロージーはやはり自分の判断が正しいと確信した。「男女の愛が欲望だけとは思わないわ。結婚するなら、私は愛が欲しいの」

彼のがっしりした顎に力がこもるのがわかった。「僕はどうしたって君に愛はあげられない」

「いいのよ。だってあなたと結婚する気はないもの」一生君を愛することはないときっぱり言われたロージーは、傷ついた気持ちを隠して答えたが、すぐにそんなことを考えた自分に腹を立てた。「それよりも、赤ちゃんが生まれたらせめて子どもだけは愛するように努力して」

アレクシウスのハンサムな顔に怒りが浮かび、夜の闇に光るダイヤモンドを思わせる瞳が光った。「ばかなことを言うんじゃない」

ロージーは腕を組んだ。「ばかを言っているのはどっちかしら」

「よく考えもせずに僕のプロポーズを断るなんて、どうかしている」アレクシウスは吐きすてた。

「一度ベッドをともにしただけじゃない。付き合ってもいないのに」ロージーはかっとして言い返した。固い岩盤を破ってあふれだす溶岩のように、怒りがこみあげた。「あなたは私がどんな人間か知らないし、私が何を求めているかなんて考えたこともない。あの夜、黙って逃げたのは二度と私に会う気がなかったからでしょう」

アレクシウスの頬骨のあたりがかすかに赤くなった。「それは……おじいさんに会うためにギリシアに君を連れていくときにまた会うと思ったからだ」

「私にはそんなつもりはないわ。今はおなかの子と生きていくだけで精一杯なのに」

アレクシウスはロージーを見つめた。一度は彼の唇の下でとろけたピンクの唇は、今は頑固な気性を表すようにきつく結ばれている。彼の全身をいらだちが襲った。反論されるのも、挑まれるのも、彼にとっては初めての経験だった。このままロージーを抱えあげて飛行機に乗せてしまいたかった。彼女が何を言おうと、自分の判断が最善だという自信が彼にはある。「妊娠しても夜の清掃を続けるつもりか？」その口調には明らかに軽蔑が含まれていた。

ロージーはそれに気づいて頬を熱くした。「あなたはどう思うの？」

「君はすぐに僕の援助を受けいれるべきだ。そして仕事はやめ、試験勉強に集中する」一人では持ちあげられないほど重い清掃道具を運んでいるロージーよりも、本に埋もれているロージーのほうが彼にはずっと好ましかった。「君のような体で今の仕事を続けるのは無理だと言われなくてもわかるだろう」

ロージーは色を失っている。「そんなことはないわ。仕事もちゃんとできるし……」

「だったらなぜ気絶した?」アレクシウスは言いつのる。「それで大丈夫だと言えるのか?」

ロージーは爪が手のひらに食いこむくらい、ぎゅっとこぶしを握りしめた。それくらい彼が恨めしかった。「なぜ気絶したと思う? つわりで何も食べられないまま、不安を抱えてここに来たからよ。あなたに会うのはすごいストレスだった。緊張と空腹で立っていられなくなった。それだけよ」

「階段の途中で気絶したら、どうなると思う。けがをするかもしれない。それでも仕事を続けると言うのか?」アレクシウスは負けずに大声で怒鳴り返してきた。「男だったらそんなのを黙って見ていられるものか」

「よく言うわね。私を抱いて、深夜に黙って姿を消したくせに」ロージーも言い返す。「言っておくけど、あなたには分別もないし、思いやりもないわ」

ののしりの言葉を浴びた彼は、ハウスキーパーに通じている電話を取りあげ、客に朝食を出すようにと命じた。こんなに腹を立てるのは、何に対してもかっとしていた十代以来のことだ。ロージーに何を言っても無駄だ。聞く耳を持たないし、僕に対する尊敬などない。ソクラテスに会うことさえ、まだ拒んでいる。いつもは抑えているかんしゃくがアレクシウスの中で野火のように燃えあがり、自制心を失わせかけていた。

「なぜそんな目で私を見るの?」ロージーは灰色の瞳で見つめられていることに急に不安

になり、どぎまぎして尋ねた。「アレックス、自分のことは自分でするから、私のことは放っておいて」

「会ったばかりの男と簡単にベッドに行く女が、よくそんな偉そうなことが言えるな」アレクシウスがライオンのようにロージーに吠《ほ》えた。

事実なだけに、ロージーは何も言い返せず、まばたき一つせずに静かになった。彼を怒らせたのはわかったけれど、たぶん彼は一度もノーと言われたことがないのだろうと想像できた。だとしたら、そろそろそういう経験をしてもいいころだ。「誰だって間違いはするわ。あなたとのことは間違いだった」

アレクシウスは大股でロージーに近づいた。大声を出すとスタッフの誰もが震えあがるというのに、恐れる気配もなく自分と互角に渡りあうロージーに、彼は感嘆していた。僕とのことが間違いだっただと？　しかもこの僕のプロポーズをあっさり拒んだ。話を聞こうともしない。いったいどういうつもりだ。「あの夜のことは間違いなんかじゃない」彼は低い声でうめくように言い、そのあとギリシア語で何か続けて、焼けるように熱いまなざしをロージーのエメラルド色の瞳とピンク色の唇に注ぎ、彼女を戸惑わせた。

彼が発する熱くたぎるような熱気を受けて、ロージーは胸の先端が張りつめ、セーターを押しあげるのを感じた。脚の間が熱くなる感覚にはもう慣れている。なぜなら彼に教えられたその感覚を、ロージーはこの三週間、毎夜感じていたからだ。

「もちろん、間違いだわ」

「いや、間違いじゃない」アレクシウスは大きな手でロージーの手首をつかみ、体を引きよせた。ロージーが声をあげるのと、唇が押しつけられたのが同時だった。彼の唇は火のように熱かった。満足げにうめき声をあげると、彼はロージーを強く抱きしめ、もう一度唇を重ねてきた。彼の情熱が伝わるとロージーのあらゆる感覚が魔法にかけられたようになった。エロチックなリズムで舌が差しいれられ、彼の頭を押しのけようとしていたはずのロージーの手はいつの間にか彼の髪に深く差しいれられ、自分のほうに引きよせていた。

アレクシウスはロージーをソファに横たえてセーターの下に手を入れ、三週間前、あれほどまでに彼を魅了した小さな胸に触れた。ロージーの細い背が弓のようにしなり、声がもれる。彼はセーターをたくしあげると今まで手を触れていた箇所に唇を当てた。そのときだった。ノックの音がして彼はあわててロージーの体から離れた。

現実に引き戻されたロージーは、むきだしの胸を見おろして凍りつき、あわててセーターを引きおろしてソファに座った。「二度と私に触れないで」

アレクシウスは銀色の矢のような視線をわざとらしくロージーに向けた。瞳の奥には意味ありげな光がくすぶっている。「触れられたらいやと言えなくなるからか？」からかうように言うと、彼はドアに向かった。

ハート形のロージーの顔は日焼けしたあとのように熱くなっていた。彼は私からすべてを奪い、意のままにしてしまう。純潔も奪ったし、さっきのキスもそうだ。自分を律しなければ。部屋の中を歩く、しなやかな筋肉に覆われた虎を思わせる彼になど、目を奪われてはだめ。一番の問題は、彼と同じ部屋にいるだけで心を奪われて、自分ではどうすることもできないほど体が熱くなってしまうことだ。これが欲望というものだろうか。そうに違いない。

アレクシウスが重いトレーをテーブルに置いた。「食べるんだ」

かごに盛られたさまざまなパンの中においしそうなチョコレート・クロワッサンがあり、ロージーはよだれが出そうになりながら手を伸ばした。お茶をカップに注《つ》ぎ、カップは二つあったのでアレクシウスにも勧めてみた。

「僕はコーヒーしか飲まない」

実のところ、ロージーの体は熱い抱擁の余韻でまだ震えていた。彼の熱気を受けて、体に火がついている。自分がこれまで思っていたよりはるかに欲望に敏感だと、ロージーは思い知らされていた。誘惑に弱い、もろい人間だとわかったのは、決してうれしい発見ではなかった。

「どうしてあの夜のことが間違いだったと言ったら、あんなに怒ったの？」きかずにはいられなかった。

「間違いだと片づけるにはすばらしすぎた。僕はとても楽しんだ」

ロージーはクロワッサンにむせそうになり、あわててそれをのみ下した。「試験が終わったら、おじいさまに会うことをよく考えてみるわ」

譲歩したロージーを値踏みするように見て、アレクシウスは彼女の闘争心が鳴りを潜めているると判断したようだ。「ついでに僕との結婚もよく考えてみてくれないか？」

ロージーは身をこわばらせて視線を上げ、アレクシウスの顎のあたりを見た。真ん中に小さなくぼみがあり、意志の強さを感じさせるがっちりした顎は、とても男性的だった。

「あいにくだけど、それに関しては私の気持ちは変わらないわ」

アレクシウスはあきれたようなため息をもらした。「なぜだ？」

「そもそもあなたに結婚する気がないのに、なぜ結婚しようなんて言うの？」彼女は信じがたいと言いたげに眉を上げた。「結婚を考えたことは？」

「ない」

「子どもが欲しいと思ったことは？」

痛いところを突かれて、アレクシウスは顔をしかめた。

「これからはちゃんと本当のことを話すと、さっき約束したはずよ」

「ない」仕方なく彼は認めた。「子どもなどいらないと思っていた」

「そんなあなたと、私が結婚したいと思うはずがないでしょう？」

ほとんどの女性とは違って、どうやらロージーには物欲というものがないらしい。「不安のない暮らし、経済的な支援、子どもの父親。結婚する理由はいくらだってある」

「結婚したらあなたはたぶん、すぐにほかの女性のところに行ってしまうわ」ロージーは顔をしかめて予測した。「どう見ても家庭とか父親の役割を受けいれるタイプには見えないし、仕方なく私と結婚したとなれば、なおさらだわ」

どんなことにおいても、できないというレッテルを貼られたことが一度もないアレクシウスは、内心ひどくむっとした。「君が驚くような変わり方をするかもしれない」

「豚が空を飛ぶのと同じくらいの確率でね」

アレクシウスは黒い眉を片方持ちあげた。「僕に喧嘩《けんか》を売っているのか？」

「まさか」これ以上喧嘩をするつもりはロージーにはなかった。「私たち、せめて友達になれないかしら」

「そんな気はない」パンくずを膝から払って立ちあがるロージーを、彼はにらんだ。「十分食べたか？」

「ええ、もう十分」ロージーは腕時計を見た。「授業が始まるわ。もう行かないと」

アレクシウスは電話を取った。「車を呼ぶよ」

「そんな必要はないわ」

「今後、出かけるときは僕の車を使ってもらう」ドアまで一緒に歩きながらアレクシウスが言った。

ロージーは目を丸くして振りむいた。「ばかなことを言わないで。そんな必要はないわ」

「いや、使ってもらう。君の電話番号は？」

「妊娠したから、今さら電話番号をきくの？」思わず投げつけた言葉に、彼の顔がゆがむのがわかった。

「話しておくことが僕らにはたくさんある、かわいい人《モラキ・ムー》」

ロージーは顔をしかめた。「話すことはもうないわ」

彫刻を思わせる唇に皮肉な微笑が浮かんだ。「僕にはまだたくさんある」

ロージーは紙に電話番号を書き、彼を見た。「会うかどうかまだ考えていることは、おじいさまには言わないで。試験があるからと言っておいて。気持ちを傷つけたくないから」

「僕の気持ちはどうなる？」

「あなたにそんなものがあるかしら？　攻撃的で、自信たっぷりで、自分勝手なあなたの気持ちに、配慮する気になんかなれないわ」

「君に気を遣って朝食まで出したんだぞ」ロージーの率直な言葉に面食らった様子で、彼は自己弁護するように言い返した。

「私がスタブローラキス家の後継者を身ごもったからじゃないの？」ロージーはアレクシウスが顔をゆがめたのを見て、驚いた。感情が欠如したような洗練された彼の態度の裏には、私には見えていないものがあるのだろうか。それともこんなことになったから結婚するしかないと思って、重圧を感じているのだろうか。結婚する意志もなく、子どもも欲しくなかった彼が、私の妊娠を知ってどうして結婚を口にしたのだろう。私のおじいさまという人を怒らせるのが怖いから？　それが本当の理由なのだろうか。自分がしたことを取りつくろうため？

〝スタブローラキス家の後継者〟だって？　ロージーをひそかに警護させろとティトスに命じたあとで、アレクシウスは苦々しい思いでロージーの言葉を反芻《はんすう》していた。冗談ではすまされない事態だ。男だろうが女だろうが興味はないが、生まれてくる子どもが僕の子なら、僕と同じ経験は味わわせたくない。彼はほかのことはともかく、両親のいる家庭で不自由なく育てたかった。

翌日の午後、授業を終えて玄関の鍵を開けたロージーは、心身ともに疲労していた。昨日からどこに行くにも運転手つきの車がぴったりとロージーに従っている。ロージーにはそんな贅沢《ぜいたく》はかえって苦痛だった。社会的な立場の違いを無視したアレクシウスの求婚も同じだ。しかも彼は結婚もしたくないし、子どもも望んでいないのに、なぜ？　考えるだけでいらいらしてくる。彼はどうかしている。もちろん、ロージー自身は会ったときから彼にひかれているが、それだけの理由でプロポーズを受けいれたら、決定的な間違いを犯すことになるに決まっている。いろいろ考えると不安とストレスで頭痛がしてきた。もちろん、おなかの子どもにはできるだけのことをしてあげたいが、不釣り合いな結婚をしてうまくいくはずがない。夫婦が不和になり、離婚することになったらかえって子どもに悪影響を与えるだろう。どう考えてもアレクシウスとは結婚せずに一定の距離を置き、感情的に深入りしない友好的な関係を保つほうがいいに決まっている。正直なところ残念だけれど、それしか道はない。結婚にも、父親になることにも関心がないとあれだけはっきり宣言されなければ、もしかしたらプロポーズを受けていたかもしれないけれど。

マーサがバスを抱いて現れた。「お客さまよ」

居間に入ったロージーはソファから立ちあがるジェイソン・スティールを見て体をこわばらせた。もう、やめて。この二日間、衝撃的なことばかりあったのに、さらにジェイソンまで。

5

「バスは私が預かっておくわ。あの人のことが嫌いみたいだから」マーサがささやいた。

「ありがとう」ロージーはそう言ってドアを閉める。「驚いた。どうやってここがわかったの？」

金髪のジェイソンは顔をしかめた。「それは……とにかくもう一度君に会いたかった。どうしても話がしたくて」

「とにかく座って。あのときは本当に怖かったわ」ロージーは彼の正面の椅子に腰を下ろした。

ジェイソンが座ると、その重みで古いソファがきしんだ。「謝るよ。手荒なことをするつもりはなかった。関係ない男が割って入ってきたから頭にきたんだ。ねえ、一度映画か食事にでも行かないか？」

思わぬ誘いに、ロージーは怒りで赤くなった。「そんなつもりはないわ」

「なぜだ？　僕のどこがいけない？」ジェイソンは喧嘩《けんか》腰で突っかかってきた。

「いけないなんて言ってないわ」鈍感な彼には率直に話すしかないとロージーは心を決めた。「でも、だめなの。私、妊娠しているの」

相手はひどく驚いた顔になった。「冗談だろう?」

「本当よ」

「妊娠?」ジェイソンは、まるでひどい病気にかかっていると言われたかのようにロージーを見つめた。「君にそんな相手がいたなんて」彼はそそくさと立ちあがった。「どうやら時間の無駄だったようだ。ほかの男の子どもを妊娠した女に用はない」

こっちこそ、とロージーが答えるより早くドアが開き、ボディガードを引きつれたアレクシウスが入ってきた。バスが一緒に走りこんできてジェイソンに飛びかかり、思いきり蹴とばされたのと同時に、ティトスも入ってきた。バスは宙を飛んで壁にぶつかり、鈍い音を立てて床に落ちた。ロージーは悲鳴をあげた。

「ひどいわ、ジェイソン。バスになんてことを」

「大丈夫、落ち着いて」アレクシウスはすすり泣くロージーをバスから引き離すと、いったん座らせ、動かない小さな犬の体を片手ですくいあげた。脚が一本明らかに折れ、不自然な角度に曲がっているのに気づき、顔をしかめる。「心臓は動いている。気絶しているだけだ。すぐに獣医に連れていこう」

「ジェイソン、あんまりだわ」ロージーは怒りをこめて叫んだ。「この間は私、今度はバスをこんな目にあわせて」

「こいつが飛びかかってきたからだ。それに君を傷つけるつもりなんかなかった」

「あなたが急に入ってくるからいけないのよ」ロージーはアレクシウスを責め、大急ぎでキッチンからトレーを持ってくると、震える手で犬の小さな体をその上に横たえた。

「警察に電話しろ」アレクシウスはロージーに言った。「今度こそこいつがしたことを通報するんだ」

「冗談じゃない」ジェイソンが言う。

「こっちは本気だ」アレクシウスは噛《か》みつくように厳しい口調で言った。「昨夜、彼女をここまでつけてきただろう。お前はストーカーだ」

初めて聞く意外な言葉にうろたえたロージーは、茫然《ぼうぜん》とアレクシウスを見て不安げに言った。「それよりバスを早くお医者さまへ。バスのことが最優先だわ」

「いや、まずはお前のことだ」アレクシウスは訂正し、敵意をこめてジェイソンを見た。

「二度とつきまとう気はない」ジェイソンは断言した。「子どもができてるなんて知らなかったんだ」

すぐには意味がわからなかったアレクシウスも、ジェイソンの表情から理解したらしい。

バスがうめき声をあげ、ロージーは泣きながらバスの頭をなでた。「バス、あなたに何かあったらどうしたらいいの。ベリルの形見はあなただけなのに」

アレクシウスは彼女を外に連れだし、マーサが差しだした上着を細い肩に着せかけた。

「ベリルだって?」しゃくりあげているロージーに彼は尋ねた。

「面倒を見てくれていた親代わりよ」彼はロージーの手からトレーを受けとると、ロージーをせきたてて家の前で待っていたリムジンに乗りこんだ。「十二のときからベリルに育ててもらったの。唯一幸せに過ごせた場所だった。私を本当に愛してくれた」

「今でも彼女とは?」アレクシウスはバスが鼻血を出しているのを見て不安を覚え、ロージーの気持ちを少しでもそらそうと必死になった。

彼女は涙をぬぐった。「三年前に亡くなったわ。私が十五のときに乳癌《にゅうがん》で手術を受けたんだけど、翌年再発したの。医師はもうできることがないって。ベリルが死ぬ数カ月前に実の子どもの一人がバスをプレゼントしてくれたの。明日をも知れない病人に、と思ったけど、ベリルはバスに元気づけられた。ベリルの最後の日々を明るいものにしてくれたバスを、こんなふうに死なせるわけにはいかないわ」

ロージーは膝の上のトレーにぐったり横たわる小さな体の背筋を、人差し指でいとおしげになでた。「ジェイソンが昨夜私を家までつけてきたのが、どうしてわかったの? 今夜彼が来たことだって」

「昨日君が帰ったあと、君の身の安全が心配だから隠れて警護するようにボディガードに命じたんだ。ジェイソンのことが気がかりだった」アレクシウスは苦い表情で言った。

「なぜそんなことを？　昨日からずっと私は見張られていたの？」信じられなかった。

「見張らせていたから、ジェイソンが昨日君をつけていたのも、今日来たのもわかったんじゃないか」

「ジェイソンはおとなしく帰るところだったのに、あなたがバスを部屋に入れたからこんなことになったのよ。警護なんかいらないわ」か細い声でロージーは言った。「私は王女さまでもなんでもないし、盗《と》られるようなものもないわ。それより、どこに連れていくの？」

「すぐにバスを治療してくれる動物病院だ」

ロージーは動かないバスを見つめ、鼻血に気づいて唇を震わせた。「ばかにされるかもしれないけど、この子は私にとってとても大事なの。訓練もされていないし、メルと住んでいるときジェイソンがよくいじめたから男の人を嫌うようになって」

「僕も噛みつかれた」

「でもあなたは蹴とばしたりしなかったわ」

アレクシウスはバスを見てため息を押し殺した。彼女が僕を認めるのはその点だけか。たとえまたこの犬に噛みつかれることになっても、自分の子どもを産もうとしているロージーに、それほどまでに愛されている命を救うのが先決だろう。そういえば母もペットの犬を愛していた。僕以上にかわいがっていたかもしれない。横にいるロージーは柳のように細く、贅肉《ぜいにく》などまったくない体つきだ。こんなにやせていて子どもが産めるだろうか。この体が妊娠のせいでふくよかになれば――想像して、思わず興奮で体が熱くなった彼は、そんな自分にあきれて、いったいどうしてしまったんだと自問した。男なら誰だって女性を妊娠させることができる。きっとその行為があまりにもすばらしかったからこんな妙な気分になるんだ。そう考えたとき車が停《と》まった。

アレクシウスはロージーの手からトレーを取りあげ、病院に運びこんだ。看護師がそれを受けとり、たくましい体つきの獣医が現れた。

「まずレントゲンを撮って、状態を安定させましょう。脳震盪《のうしんとう》を起こしていて、この脚は折れていますが、運がよければさほど深刻ではないでしょう」

獣医がそう言う間にもバスの小さな体は痙攣《けいれん》し始め、折れていない三本の脚を宙でばたつかせた。ロージーは息をのんでバスを静めようとした。

「いい兆候とは言えませんが、今は打つ手がありません。とにかく診察しましょう」ロージーたちを待合室に残して、獣医はバスとともに診察室に消えた。

「ここは英国でも指折りの、腕のいい医師がいる病院だ」アレクシウスがロージーを慰める。「バスの命を救えるのはここ以外にない」

バスのいない人生を想像して、ロージーは身震いした。三十分ほどして現れた看護師は、バスは頭蓋骨を骨折していて、緊急手術の必要があるかもしれないから今夜はここで預かると告げた。

これでやっと帰れる、と言わんばかりにさっと立ちあがったアレクシウスに、ロージーは困惑してささやいた。「どうしましょう、きっと費用がかさむわ。私にはとても治療費は払えない」

「僕に任せてくれ」アレクシウスはロージーの手を取って立たせた。ロージーの体は羽根のように軽い。バスが死ぬかもしれないと不安におののいている彼女は、明らかにアレクシウスの存在など忘れていた。無視されるのは彼にとって初めての経験で、決して気分のいいものではなかった。しかもアレクシウスを無視しているのは、すりきれたジーンズに安っぽい靴、それに派手なロゴつきの大きすぎるTシャツを着た女性だ。そんな姿で彼の前に出ても気にもしていないロージーに、アレクシウスはさらに屈辱を覚えていた。見おろすロージーの白っぽい金髪に電灯の光が当たり、Tシャツの下の胸の先端が小さく浮きでている。そこに唇を寄せたときの甘やかな感触や、そのときのロージーの反応を思いだした彼は、思わず彼女との会話の内容を忘れそうになった。

「ご親切はありがたいけど、恩を受けるのは好きじゃないの」そう言ったロージーは、動物病院を出たとたんによろめき、アレクシウスが腕を支えなければ倒れるところだった。

「だったら治療代を僕が出す代わりに、君のおじいさんに会いに行くことを承諾してくれ」長く黒いまつげに縁どられた、銀色の瞳のまなざしがロージーに注がれた。

ロージーは当惑し、信じられない思いで彼を見あげた。「それって脅迫じゃないの」

「そうさ、かわいい人《モラキ・ムー》」アレクシウスは平然と言った。「僕は利用できる機会は利用することにしている。そうすることが君のおじいさんのためになるなら、なおさらだ」

ロージーは彼の容赦のない、非情な人生哲学を聞いて、震える息を吸いこんだ。無条件にお金を出してくれるわけではないのね。でも、彼という人が多少わかった今では、驚くほどのことではないかもしれない。アレクシウスは見返りもなしに手を差しのべたりはしない。でもバスの治療費が何千ポンドにもなるのは目に見えているし、私にはとてもそんなお金はない。〝お金の貸し借りはしないこと〟というベリルの教えを、ロージーはずっと守ってきた。そのおかげで、これまでひどく困った状況に陥らずにこられたのだ。でも、祖父という人に会いにギリシアに行くのは大したことではないように思えるし、どんな人なのか知りたいという思いもあった。正直なところ、会ったことさえない祖父や家族に会ってみたいという理屈抜きの感情が、ロージーの中に生まれている。

「十五日に最後の試験が終わったら、ギリシアに行ってもいいわ」

「わかっただろう？　僕は君が思っているほどひどい男じゃないと」手術から回復しようとしている名付け親に、いい知らせをもたらすことができるのにほっとして、アレクシウスはつぶやいた。ロージーが妊娠したことはソクラテスの年代の者には受けいれがたいだろうが、それはもう仕方がない、と彼は結論を下した。

「そうかしら。あなたは冷酷でひどい人よ。私のバスへの愛情を武器にしようとしている」ロージーはぴしゃりと言って、軽蔑したように彼を見た。「そんなことで私の歓心を買えると思わないで」

「ここに連れてきてバスの命を救ったのは僕だ」アレクシウスは平然と言い返した。「君にもう一つだけ頼みがある」

「どうぞ」彼の車に乗りこんだロージーは、革張りの豪華な車内に初めて気づいて目を見張った。彼はいつもこんな車で移動しているのだ。やはり彼と私の生活には天と地ほどの隔たりがある。そう思うとますます落ち着かなくなった。

「もう一度デミトリー・バクロスの診察を受けて、妊娠を確認してもらってくれ。君の健康状態もちゃんとチェックしてもらうんだ」

「お医者さんにはもう行ったわ」ロージーはうんざりした口調で抗議した。

「いちいち僕に反抗するんだな」ロージーの不信感もあらわな頑固な表情を見て、アレクシウスはうんざりした口ぶりで言った。体こそ小さいが、ロージーはライオンの心を持っている。「君のためを思って言っているのに」

ロージーは彼の顔から、すぐそばにあるアレクシウスの太腿に視線を移した。その視線がさらに上へと移動して腿の付け根のふくらみをとらえ、ロージーの生々しい記憶を呼びおこした。真っ赤になった彼女は顔を上げた。ベッドに横たわる褐色の体が鮮やかに脳裏によみがえり、急に口の中が乾いて、興奮のせいで呼吸さえ難しくなった。そう、当惑ではなく、これは興奮だわ。ロージーは自分を叱りつけた。アレクシウスのせいで、私は考えることまでおかしくなってしまった。「私の健康状態なら心配しなくていいわ」

「僕の子どもだとしたら、僕にも大いに関係があることだ」低い声にはざらついた響きがあった。

　ロージーは言い返したいのをぐっと我慢して下唇を噛みしめた。彼がおなかの子どもに関心があるはずはないのに。心から心配して言っているのではなく、父親として期待される行動を取っているだけ。でも少なくともそう言ってくれているのだから、無下に断らないほうがいいかもしれない。無理に夫になってもらいたくはないけれど、この子の父親は欲しい。だとしたらどんなに私がいやでも、彼を完全に拒むことはできない。一夜限りの相手だと彼に思われたのは悔しいけれど、その屈辱はしっかりと受けいれて、これからはそれよりも大切なことに目を向けていかなければ。

「ロージー」アレクシウスがうめくように言った。「デミトリーの診察を受けてくれるね？」

「どうしてもと言うのなら」彼女はため息をついた。

「君のことは僕が責任を持つ。それが僕の務めだと考えていることを、わかってくれるね？」

ロージーは緑の瞳を光らせて顔を上げた。「私は子どもじゃないわ。自分のことは自分で責任を取る。あなたに面倒をみてもらうつもりはありません」

「これからは考え方を変えて、僕にその役目を割りあててもらう」アレクシウスがクールな口調で言う。

ロージーはひそかに歯噛みをした。「そうはいかないわ。私は自立した人間よ。あなたに頼るつもりだったら、プロポーズを断ったりしていないわ」不機嫌に彼女は言った。

今度は拒まれたアレクシウスが歯噛みをする番だった。「すぐに気が変わるかもしれない」

「そんなことにはならないわ。あなたみたいな人と結婚したいとは思わないもの」

アレクシウスはその言葉にかっとなり、気持ちを静めようと深呼吸をしたが、自分がなぜほっとする代わりに怒っているのだろうと考えずにはいられなかった。もともと子どもは欲しくないし、それ以上に結婚をする気もないのだから、自由の身で居続けられるとわかってうれしいはずだ。そう思いながらも、彼は逃げるように座席の反対側に座っている、やせた小柄な女性に注意を向けずにはいられなかった。窓から差しこむ街の明かりで金髪が白く光り、繊細な横顔をきわだたせているのを見ると、またロージーを求める強い欲望がわいてきた。この女性は今や自分の人生の一部だが、それは決して自分が選択してそうなったのではないという事実と、にもかかわらずまだ彼女に欲望を感じるという矛盾が、彼の腹立ちの原因だった。この女性とベッドをともにしたい、どうしようもなく。彼は苦々しい思いで考えた。ロージーに対するどうにも説明できない反応の理由は、それしか考えられなかった。

「じゃあ、どんな男なら結婚してもいいんだ?」アレクシウスはそっけなくロージーに尋ねた。

彼女は真っ赤になる。「親切で、正直で、裏表のない人」

ロージーの瞳は、彼がそのどれにも当てはまらないと語っていた。アレクシウスはひどく自尊心を傷つけられ、口元を固く結んで心の中でいろいろ言いわけを考えた。最初に会ったときに真実を言えなかったのはソクラテスに頼まれたからだ。犬のことでは精一杯親切にしたつもりだが、治療費をだしにロージーをギリシアに行かせられると思いつくと、つい脅迫めいたことを言ってしまった。確かに僕は完璧な人間とは言いがたいし、人の気持ちに敏感でも、思いやりがある男でもない。だが、これまで僕を非難した女性など一人としていなかった。なのに会って間もないロージーは、すでにどれだけ僕を批判しただろう。僕はそんな彼女に結婚してほしいと言った。冗談じゃない。僕は本当にどうかしてしまったらしい。こんなに説教されたり、批判されたりするのに、僕が考えることときたら彼女と過ごす長い、熱い夜のことだけだ。

ロージーは目を伏せてアレクシウスを観察した。くっきりした頬骨のあたりに緊張が走り、頬のラインに怒りがうかがえる。明らかに気分を害したようだけど、プロポーズを断ったことには感謝してもらってもいいはずよ。古い考えに縛られて、不必要な犠牲を払わずに済んだのだから。いつの日か、彼も本当に妻にしたいと思う女性に出会うだろうと考えて、彼女は思わずはっとした。おなかの子どもの父親である彼を他人にとられたくない、自分以外の女性と一緒の彼を想像したくない。そう願う自分の気持ちに驚かされたからだ。そんなことを考えるのは理不尽だわ、とロージーは心に言い聞かせた。彼の名を検索してみて、何年にもわたってたくさんの女性と噂《うわさ》を立てられているプレイボーイだとわかっている。彼は十代のときから、派手なモデルや社交界の女性や女優と付き合っては別れているけれど、特定の女性と長く付き合ったことはなく、同棲《どうせい》したこともないらしい。ロージーはそれを知って、彼のプロポーズを断ったのは正解だったと改めて思った。衝撃を受けるほどの大金持ちで、ビジネスで成功を収めている、非情な辣腕実業家と評判のアレクシウスだが、実際にどんな人物か知っている人はほとんどいない。そんな男性と結婚して幸せになれるわけもなく、財産、地位、教育、どれをとっても自分とはまったく不釣り合いだった。彼がどんな暮らしをしているのか、ロージーには想像さえつかない。

「連絡するから」車を降りるロージーに、彼が声をかけた。「試験で、幸運を祈っている」

彼女が驚いたように振り返って笑った。その微笑が瞳に広がり、顔中をぱっと明るくさせるのを、アレクシウスは思わずじっと見ないではいられなかった。だが彼は称賛したい気持ちも、好ましいと思う気持ちも固く閉ざし、顔に出さないように努めた。「ありがとう」

ロージーは心配して待っていたマーサにバスの容態を説明し、明日の朝もう一度病院に電話をしてみるつもりだと話した。

「今夜のうちに何かあったら、電話をかけてくれるって」

簡単な夕食を作って食べると、あくびが立て続けに出た。妊娠すると疲れやすくなると医師が言っていたのは、こういうことなのだろうか。勉強は明日の朝早く起きてすることにして彼女は床に就いたが、意に反して彼とその同じベッドで過ごした夜のことを、暗闇の中で何度も思わずにはいられなかった。思いだすだけで下腹部がきつく締めつけられ、アレクシウスを求める気持ちがこみあげてくる。彼のせいで私は、性の喜びに目覚めさせられてしまったのかもしれない。そう思うといまいましかった。でも、そのうちにこんな衝動も、彼のことも、だんだん忘れられるだろう。今は気が高ぶっていて彼のことが頭から離れないけれど、きっと忘れられる。そうは考えたものの、不安な気持ちは一向に去らなかった。

6

「ぼんやりした塊にしか見えないな」超音波検査の画像を見て、大きな緑の瞳に涙を浮かべているロージーとは対照的に、アレクシウスは顔をしかめて言った。どうしてもロージーのような感激はわいてこない。

「これは赤ん坊だよ」デミトリーが言う。看護師が、まだ少しもふくらんでいないロージーの腹部に塗られたジェルをふきとった。「君の娘か息子だ」

「アレックスには想像力が欠けているから」ロージーはそう言って診察台から下りた。検診は一人で受けるつもりだったが、アレクシウスに自分の子どもだと自覚してもらうためには、できる限り診察に参加してもらうほうがいいと思って同席することに同意した。だが、赤ちゃんを〝ぼんやりした塊〟と言うなんて。ロージーはがっかりしていた。

「まあ、まだ小さいからね」検診に同席したいと言ったことを後悔しながら、アレクシウスは言いわけを口にした。余計なことを言ってしまった。感傷的になられると、彼はどう対応していいかわからない。感情も感傷も、アレクシウスとは無縁だった。

診察室に戻った二人に、医師はロージーが小柄な割に赤ん坊が大きいから、もしかしたら帝王切開になるかもしれないと告げた。今は塊にしか見えない存在がロージーの生命を脅かすかもしれないと思うと、アレクシウスは不安と良心の呵責《かしやく》を感じた。ロージーを亡くしたらどうしよう、という恐怖がこみあげ、彼女が死の床に就いている光景が脳裏に浮かんだ。僕にだって想像力はあると思いながら、彼は大学時代からの友人である医師と熱心に話しているロージーを見やった。小さな顔がほんのり赤くなり、瞳が輝き、声の調子もいつもより高い。この女性は本当に、僕にはまだ塊にしか見えない赤ん坊を望んでいる、と彼は驚きを覚えた。妊娠で人生の計画がおかしくされても、ロージーはひるむ様子もなく赤ん坊を受けいれようとしている。両親に受けいれられているという気持ちを抱けないまま育った彼にとって、嬉々《きき》として新しい命を受けいれるロージーの態度は新鮮だった。

「心音を聞いても、何も思わなかった？」リムジンに戻りながらロージーが彼に尋ねた。

「私、とってもわくわくしたわ」

アレクシウスはロージーを横目で見やった。今日彼が一番わくわくしたのは、今朝、黒いミニスカートと体にぴったりしたシャツを着て現れたロージーを見たときだった。今もつい、小柄な体に比べてだが、長く細い脚に見とれずにはいられない。無邪気にかがんで靴紐《くつひも》を結び直しているロージーの、小さいが形のいいヒップはさらに魅力的だった。もう一度ロージーのあの温かい体を感じたい、と思うとまた体が勝手に高ぶってくる。女性にこんな気持ちにさせられたことなど、これまで一度もなかった。実際、ロージーのことが、日ごとに気になり始めている。妊娠したという事実を別にすれば、本来なら彼女はもう過去の人のはずだし、結婚も父としての義務も要求されない事実を喜んでいいはずだ。僕はいまだに鳥のように自由の身だ、と彼は自分に言い聞かせたが、なぜか新しい愛人を探す気持ちにはなれなかった。三十一になるアレクシウスは、十六歳で母の友人に初めて手ほどきされて以来、女性遍歴を楽しんできた。女性に関してはたいていの男よりも自由と経験と選択肢を享受してきたのだが、なぜそれに飽き飽きして食指が動かなくなったのだろう。

ロージーのほうは超音波検査で未来の息子か娘を確認しても感激を見せないアレクシウスに失望を覚え、それならなぜ一緒に行くと言いはったのだろうかと考えていた。しかも医師に帝王切開の可能性を示唆されて、彼は吐き気を催したような青ざめた顔になっていた。ひどい人だと思ったけれど、女性と違っておなかに子どもの存在を感じることがない男性は、この段階ではなんの感慨も持てないのかもしれない。この子は未来の私たちの関係に暗雲をもたらすだろうか。それとも新たな展開を運んでくるのだろうか。

アレクシウスは大きく息を吸いこんだ。「君には新しい服が必要だ。これから採寸に連れていく」

わけがわからず、彼女は目を見開いた。「どういうこと？」

「ギリシアに着ていくそれなりの服がいる。おじいさんの家で、君に気まずい思いはさせられない」

自信ありげに決めつける彼の不遜な態度に、ロージーはかっとした。「そんなこと気にしないわ」

「今はそうでも、きっと気になるさ」たかが服のことでもロージーは頑固なのだ、と思いながらアレクシウスは言った。一緒にいると、何かにつけて言い争いになる。ロージーは支配されるのをいやがるが、アレクシウスはずっと他人に命じる生き方をしてきて、それを変える気はなかった。

「なぜそんなことを考えるの？　私のおじいさまって、あなたと同じくらいお金持ちなの？」

「もっと、かもしれない」アレクシウスは初めてその事実を明かした。「一族はみんな、優雅に暮らしている」

「大金持ち？」ロージーはパニックに襲われた。「本当に？」

「本当だ」

これまでその可能性を考えてもみなかった自分に腹を立てて、ロージーは黙りこんだ。金持ちのアレクシウスの名付け親なのだから、同じような階層の人だと想像がつきそうなものなのに。急にギリシアに行くのが怖くなった。

「父方の親族に初めて会う君にいやな思いをさせたくないし、それなりの格好をしてほしいんだ」

「本当は貧しい暮らしをしているのに？　外見なんか気にする必要はないと思うわ。見かけを気にするのは軽薄だわ」

「その主張は認めるが、世の中の人はえてしてそれで判断するものだ」アレクシウスの論理は確かに理屈が通っていた。「見かけだって大切だ」

ロージーは細い肩を落とした。「これ以上私のためにあなたにお金を使わせたくないわ。でも私には服を買う余裕なんかない」

「僕にしてみれば、そんなものははした金だ」

「だったら、バスの治療費はどうなの？」ロージーは鋭く問いつめた。幸いバスは順調に回復している。彼女はアレクシウスを見て、こんなにハンサムでなかったら私は彼に惑わされずに済むのに、とまた思わずにはいられなかった。見ないでおこうと努力しても、つい彼に視線が引きつけられてしまう。その唇が重ねられたときのことを思いだすと決まって体が熱くなり、ジェットコースターに乗っているときのように息ができなくなる。

「たとえ君がギリシアに行くのに同意しなくても、治療費は払うつもりでいた」アレクシウスはさりげなく答えたが、二人の間に漂う妙な雰囲気に欲望を刺激され、またその場で彼女を抱きしめたくなっていた。長年経験を積み、女性の扱いには洗練されている僕が、なぜ彼女には略奪者のような生々しい反応をかきたてられるのだろう。女性を前にして用心しなければと思うのは生まれて初めての経験だった。

「そんなこと、知らなかったわ」ロージーが怒りをあらわにして叫んだ。彼女がこうして急にかんしゃくを起こすたびに、アレクシウスは驚かずにはいられない。「そんなこと、言わなかったじゃない」

「ロージー、僕はそんなにひどい男じゃない。君は僕の子どもを妊娠しているんだし――」

「子ども？　あなたが、ぼんやりした塊って呼んだあれね」ロージーはぴしゃりとやり返す。

彼は頬を少し赤らめ、きれいな唇を引き結んだ。「そう見えたんだから仕方がないだろう。なんでも正直に話せと言ったのは君だ」

ロージーは突然あふれる涙をこらえて、衝動的に彼の手を取った。「そうよ。変にごまかしたり、嘘《うそ》を言ったりしてほしくない。そんなことは、してもらいたくないわ」

「泣いているのか？」アレクシウスには突然のことで信じられなかった。

「いいの。いいのよ」ロージーは彼の手をぎゅっとつかみ、わびるようにそっとなでた。

「お医者さまにも言われたでしょう。妊娠してホルモンのバランスがおかしくなっているの。すぐ泣くのもそのせいよ」

「そんなことがあるものか」アレクシウスは思わずロージーを引きよせて自分の膝に座らせ、華奢《きやしや》な体に両腕を回しかけた。そうすると急に安堵《あんど》感がわいてきた。「塊だなんて言って悪かった。君の気持ちを傷つけてしまった」

ロージーは体の向きを変えて大きな緑の瞳を見開いた。「アレックス、大丈夫?」

不安定な体勢も気にせず、彼はロージーの顎に手をかけ、甘美な湿った唇をとらえてむさぼった。身を震わせて体をよじるロージーの向きを変え、横に向かせると、自分の高ぶりが伝わるように強く抱きしめた。緑の瞳がさらに大きく見開かれる。

その間にも彼はスカートの下に手を伸ばしていた。「アレックス」ロージーがあえぐように言った。

さらに侵入した手は想像していたとおり温かく、潤った場所に達し、彼は唇を重ねあわせたまま満足げに小さな声をあげた。その手の動きにつれて、ロージーは身をよじり、うめき声をもらしたが、逃げようとはしなかった。ロージーの唇が彼の首筋に押しつけられた。彼女が熱い、なつかしい体の香りをむさぼるように吸いこんでいる間に、彼の指先は閉ざされた扉を開いていた。ロージーはこれまで感じたことのない欲望を覚えて腰を彼に押しつけた。体の奥から嵐がわきおこり、抗《あらが》えない力で彼女の全身を翻弄した。続いて体が痙攣《けいれん》し、やがて力が抜けたロージーは彼にぐったりともたれかかった。

「気分はどうだい、大切な人《ラトリア・ムー》?」アレクシウスはくぐもった声で言った。さらに先に進みたい気持ちはあったが、ロージーが築いていた固い防御の砦《とりで》が崩れたことで、とりあえずは満足だった。

「生きながら天国に行ったみたいな気持ち」ロージーは正直な感想を口にして、やっとのことで目を開いたが、街中を走る車の中にいるのを思いだしたのかショックを受けた顔つきになった。「信じられない、こんなところで」

アレクシウスは押し殺していた息をロージーの頭上で大きく吐き、両手で小柄な体を抱きしめた。よほど最後までいってしまおうかと思ったけれど、一方では車の中でこんな行動を取った自分にあきれてもいた。僕らしくもない。僕はもっとわきまえのある人間だ。ロージーといるとなぜ十代の少年のように熱くなるのだろう――だがロージーが乱れた髪の頭を起こしてにっこり笑うのを見ると、彼は父親のような穏やかな気持ちになり、ついさっきまで感じていた、体が脈打つほどの欲望が去るのを感じた。

ロージーがあわてたように言う。「ごめんなさい。私ばかりで……あなたは……」

「僕のことなら気にしなくてもいいんだよ」

だがアレクシウスのズボンの前に視線を向けたロージーには、彼の抱えている問題が見てとれた。「私……どうすればいいのかわからないけど、ちゃんと教わったら……」

思いがけずアレクシウスはその言葉を聞いて笑いだしていた。彼はロージーにこの上なく優しい微笑を向け、困惑した瞳をのぞきこんだ。「こんなところでは困るだろう。いつか……別のときに。君に触れられただけで僕は満足だ」

ロージーはそれを聞いて真っ赤になり、恥ずかしくていたたまれない気持ちになった。

「服を選んだら、僕の家に来てほしい」

その言葉にロージーはますます当惑し、怖《お》じ気《け》づいてどうしていいかわからなくなった。

「今あったことは忘れて。ちょっとした間違いだったわ」

アレクシウスの目が急に真剣になり、まっすぐにロージーに向けられた。「間違い？　君はそう思っているのか？」

「それはあなたが、いちばんよくわかっているはずだわ」私のほうはすっかりあなたに心を奪われてしまったのに、と思いながらロージーはささやいた。互いに強く求めあっているのは事実だ。彼もそれは自覚しているだろうが、果たしてそれ以上の何かを感じているのだろうか。そうは思えなかった。

ロージーのほうは、彼に会うたびに思いが募っていく。彼を見るだけで、求めずにはいられない。美しいと感嘆せずにはいられない。いいえ、彼のことを考えないときはないと言ってもいい。バスが退院するときにもアレクシウスは一緒に来てくれたし、ペット用の新しいバスケットまでプレゼントしてくれた。それからも連日、電話で体調をきいてくる。話題がなくて彼がすぐに黙りこんでしまうので、いつもロージーがどうでもいい話をして間を持たせるのだけれど。ロージーはアレクシウスを愛し始めていた。そして、このままでは問題だと思いながらも、どうやって逆らいがたい流れを止めればいいのかわからなかった。

今、ロージーは愛想のいい店員に採寸をしてもらい、服の好みを尋ねられている。結局彼に押し切られたことを恥ずかしく思いながらも、車の中でのあの出来事のあとではなぜか彼に逆らうことができなかった。ロージーの父方の家族についてアレクシウスは何も言わないけれど、実際には全員をよく知っているらしい。その彼が言うのだから、やはりちゃんとした格好でみんなに会うべきなのだろう。安っぽい普段着で現れたら、どんな貧しい暮らしをしていたのだろうと祖父はいぶかり、困惑するかもしれない。でも外見で人を判断するような人たちを、私は好きになれるだろうか。

リムジンがロージーの下宿の前に停《と》まった。アレクシウスは黒々とした眉の片方をぐっと上げて、問いかけるような表情になった。彼が何を求めているのか、ロージーにはすぐにわかった。わかりたくなかったし、彼とベッドをともにすると想像しただけで舞いあがりそうになる自分の体をうとましく思った。体を重ねるだけ、それもすばらしいセックスだと割りきれればいいのだけれど、彼とまたそうなれば、いろいろなことがもっとややこしくなるだけ。彼がどんな人か知る前に関係を持ったことが悔やまれるけれど、今さら悔やんでも遅い。もう一度彼とそんなことになるのなら、体ではなく、頭でそうすると決めたい、とロージーは考えていた。

最後の試験が終わったら、いよいよギリシアだわ、とロージーは自分を励ました。そのころには今より頭がはっきりして、アレックスの体を求める強い衝動も収まっているだろう。そうでなければ。だって彼はいつまでもいないのだから。もちろん、時間がたたなければどうなるかわからないけれど。私が刺激したせいで、アレクシウスは耐えられなくなって誰か別の女性を呼びよせるかもしれない。そう思うとロージーはその夜眠れなかった。悶々《もんもん》とした夜を過ごして出した結論は一つだった。一度に二つのものを手に入れることはできない。結局どちらかを選ぶしか方法はないのだ。余計な思いは振りすててアレクシウスとベッドをともにするか、それとも拒み、彼が遅かれ早かれ別の女性とベッドをともにすることを受けいれるか、二つに一つだった。

7

ロージーはうっとりするほど座り心地のいいシートに座り、離陸を待っていたが、心は乱れていた。こんなにも豪華な専用機に自分が乗っているのが怖い。バスは隣のシートに置かれたバスケットの中でうずくまっている。折れてギプスがはまった脚が妙な格好で投げだされていた。けがをさせられて以来、前よりおとなしく、神経質になっている。アテネに行ったら会ったことのない親戚に会うのだという事実を考えたくなくて、ロージーはあえてバスに意識を向けた。体にぴったりに仕立てられたエレガントな緑のドレスを着ている自分が、自分ではないような気がする。やせていると信じていたのに、胸やウエストやヒップに、こんなに凹凸があったのが嘘《うそ》のようだ。服はどれもロージーの体型に合わせて手直しされていた。それにどれほどお金がかかったのか、考えるのも恐ろしい。ちょうどいいサイズの服がないから、ずっと子ども服売り場で服を買っていたロージーは、下宿に届いたたくさんの高価な流行の服と三つのスーツケースを見て動揺した。もしかしたら、アテネでは王族のように日に何度も服を着替えることを求められるのだろうか。

試験は昨日で終わり、ロージーはクラスメートとお祝いしようと街に出かけたが、羽目をはずして飲んだり食べたりする気にはなれなかった。妊娠中で飲めないのはもちろんだが、夜更かしのせいでむくんだ顔をアレクシウスに見せたくなかったからだ。私はいつから見かけにとらわれるようになったのだろう。見えを張り、思いきって高いハイヒールを履いてきたけれど、慣れない靴は足を締めつけてロージーを苦しめていた。あれほど大切にしていた自立も、自由も、今は失われてしまった気がする。彼女はおなかの子どもに思いをはせ、こんなにも動揺していることをわびた。

そんなロージーの疑いや不安に少しも気づいていないアレクシウスは、彼女が金持ちの親族に会えるのを期待していると信じて、別の場所でノートパソコンを広げて仕事をしていた。日光を受けてロージーの金髪が光っている。アレクシウスに見られていることに気づくと、彼女は挑みかかるようにちょっと顎を上げた。それだけでアレクシウスは、ごちそうを前にした飢えた男のように、ロージーをむさぼりたくなった。みっともないと思うが、それほど彼の反応は単純だった。自分がそんな気持ちになるのが、彼にとっては耐えがたかった。なぜだ、夢中で仕事をしていたはずなのに、と思いながら彼は欲望を振り払おうとした。ロージーがもたらす狂おしいほどの飢餓感は、悪性のウイルスのように彼のプライドを侵し、自制心を脅かした。さらにもっとあの魅惑の小さな体に身を沈めれば、こんなにいつも痛いほどの欲望に苦しむこともなく、理性が普通の冷静な状態に戻るだろうか。そうすれば彼女に飽きるかもしれない。愛人たちにいつも飽きていたように——そう考えると、彼は不意に満足感を覚えた。

「私、今夜はどこに泊まることになるのかしら?」ロージーが突然尋ねた。

「おじいさんの家だ」それを聞いたロージーが当惑した表情になるのを見て、彼は眉をぐっと上げた。「何か不満でも?」

「ホテルに泊まるのかと思っていたの。だって初めて会う人の家に泊まるなんて気が引けるわ。しかも私は独身なのに妊娠しているのよ」

「もっともだ」困っているロージーを見て、アレクシウスは思いがけず自分にチャンスが巡ってきたのを喜んだ。「気がつかなかった。ソクラテスとは時間をかけてお互いを知りあうほうがいいかもしれない。最初から家に泊めてもらうのは気兼ねだろうね」

「ええ」ロージーは賛同してもらってほっとしたようにアレクシウスを見た。「わかってもらえてうれしいわ」

「言っておくが、僕は君が思っているほど鈍感な男ではない」ロージーを見たアレクシウスは、また抑制できないほどの強い欲望を覚えた。感謝されていることに有頂天になった彼は席を立ち、通りがかりに身をかがめてバスの背筋を指先でなでた。バスは振りむいて大きな耳をぴんと立て、自分に近づくな、と言うように歯をむいてうなる。

「バス、だめよ」ロージーが叱った。

アレクシウスはにやりと笑いたくなるのをこらえて客室乗務員を呼び、飲み物を持ってくるように命じた。急に展望が開けた気がしてくる。彼女を僕の家に連れていく絶好のチャンスじゃないか！

二時間後、ロージーはひどく緊張してリムジンの中に座っていた。車はアテネ郊外のソクラテス・セフェリスの家に向かっていた。「おじいさまと一緒に住んでいるのは誰？」

「今は君の伯母のソフィアだけだ」

ロージーの背筋から少し緊張が解けるのが見てとれた。「私が妊娠していることは、話したほうがいいかしら。つまり、どういうふうに切りだしたらいいかしら」困った顔で彼女は言う。会ったこともない家族に会う上に、こんな問題を抱えているのだから気が引けてならなかった。

「ロージー、僕らは立派な大人だよ。十代の子どもじゃないんだ」

「でも十代の子どもみたいな行動を取ったわ」

「僕に任せてくれ。君は黙っていればいい」

「今はまだ黙っているほうがいいんじゃない？　おなかもまだ目立たないし」

形のいい、意志の強そうな唇がきっと結ばれた。「この問題に関しては、初めから正直に話したい」

だったら初めから私にも本当のことを話してほしかったわ、と言いそうになってロージーはぐっとこらえた。車は門を抜け、やがて手入れの行き届いた庭に囲まれたモダンな豪邸の前で停《と》まった。車から降りた彼女は慣れないハイヒールのせいでよろけそうになり、あわててアレクシウスの手にすがる。

「そんな靴では歩けないだろう」

「でも脚がきれいに見えるわ」ロージーはぴしゃりと反論した。「外見が大切だって、あなたも言ったじゃないの」

「僕は君が裸足《はだし》で歩いていたって気にしない」

清掃員の格好の私を見ても彼はひるまなかったのだからそうかもしれない、とロージーは思った。巨大な玄関ホールでは男の使用人が二人を迎えいれた。部屋の中からがっしりした白髪の男性が現れ、ロージーをじっと見つめてにっこり笑った。「ロージーかい?」

ロージーの緊張を解くような温かな微笑だった。「おじいさま?」

「やあ、アレクシウス」老人の声には愛情がこもっていた。アレクシウスのハンサムな顔に緊張が走るのを見たロージーは初めて、彼が老人と顔を合わせたくないと思っていたことを理解した。「せっかくのめでたい日だ。にっこりしたらどうだ。君は孫娘を連れてきてくれたんだから」

招きいれられた、日が差しこむ大きな部屋には、四十代に見える小柄な金髪の女性がいた。美人だが鋭い顔つきの女性は、ソフィアと名乗った。ソクラテスはせきを切ったように、好きなものは何か、嫌いなものは、趣味は、とロージーを質問攻めにした。注目されるのに慣れていないロージーは当惑し、感激した。ソクラテスの英語はアレクシウスほど上手ではなく、時折アレクシウスが通訳しなければならなかった。勉強していると聞くと、ソクラテスはうれしそうに顔を輝かせた。大学進学をめざしていることも話したかったが、出産したらとても無理だろうから口にできなかった。一方二人の会話がはずむにつれて不機嫌で無口になったソフィアは、我慢できなくなったのか、ロージーの二の腕に手をかけて会話をさえぎった。「もっとお近づきになりたいわ。家族写真をお見せしましょうね」

彼女はロージーをソファに引っぱっていき、その膝に大きなアルバムをのせた。

「ご家族にはとても興味があります」ロージーがアルバムをめくると、ソフィアは次々に写っている人たちの名を挙げていく。まだ十代のハンサムなロージーの父親が浜辺で女性に囲まれて笑っていた。母が見せてくれた、色あせた写真と明らかに同一人物だった。これが伯父のティモン、と指さされた男性にも今回会えるのだろうかとロージーはきいてみた。

「さあ、どうかしら。またリハビリ施設に入っているから。弟は十七のころから薬物依存で、父がいろいろ手を尽くしているけど、いまだに治らないの」

事前に警告しておいてくれてもよかったのに、とアレクシウスを恨めしく思いながら、ロージーは無難な話題を探した。「父のトロイがどんな人だったか、話していただけますか?」

「はっきり言って、この家でまっとうな男は父だけ。あとの男は能なしよ」ソフィアは辛辣に言った。「ティモンには息子が二人いるけど、父のホテルで働いている間にお金を横領しようとしたわ」

その言葉はロージーを驚かせた。「まさか……」そのときだった。部屋の反対側にいた祖父が思わぬ激しさで席を立ち、アレクシウスにギリシア語で何か怒鳴った。ロージーはびっくりして祖父を見た。「どうしたんですか?」

アレクシウスは体をこわばらせ、無表情だ。そんな彼を見たのは初めてだった。ロージーの祖父が彼をまた怒鳴りつけたが、彼はほとんど何も言わない。

「あら、あなた、おとなしそうに見えてなかなかの策略家だったのね」ソフィアはそう言って満足げにロージーのほうを見た。

ロージーにもやっと男性二人の会話の内容が理解できたが、できるだけ平静な表情で伯母に言った。「なぜそんなことをおっしゃるんですか?」

「彼が大金持ちだから、計画的に妊娠したんでしょう。あなたの母親が弟をはめたのと同じ手口ね」ソフィアはばかにしたように笑った。「あなたは父の歓心を買いたくてここに来たのだと思うけど、残念だったわね。父はかんかんだわ」

あざ笑う伯母を無視して、ロージーは重ねて質問した。「アレクシウスに対して、おじいさまはなんと?」

「とんだメロドラマだわ」ソフィアは楽しんでいるように言った。「昔気質《かたぎ》の父は、あなたは一生人に後ろ指を指されるって言ってるわ」

そうなるかどうかはまだわからないわ、とロージーは思った。うんざりする思いで席を立ち、怒っている二人の男性に近づく。アレクシウスは無言のままだが、力強く立つその様子や、きらめく瞳が彼の怒りをはっきりと物語っていた。ソクラテスへの尊敬の念があるから叱責に無言で耐えているのだろう。

「君は口を出すな」アレクシウスが近づいたロージーに言った。

「いいえ、それはフェアじゃないし、今は中世じゃないのよ」ロージーは次に、赤い顔の祖父に向かって言う。「お願いだから興奮しないでください。お二人が仲違《なかたが》いすると知っていたら、私はここには来ませんでした。そんなにかっとなっては心臓に悪いわ。アレクシウスを責めないでください。彼は結婚しようと私に言ってくれたんですから」

「本当か?」ソクラテスは驚いたようにアレクシウスを見る。彼の顔から怒りが急に消えていった。

「でも私は断りました」あらぬ期待を持たれる前に、ロージーは祖父を牽制《けんせい》した。

「断った?」祖父は今度はロージーに噛《か》みついた。「何を考えている? 子どもができているのに」

「とりあえず、今日はこの話はやめておくほうがいいと思います」ロージーはきっぱりと言って、震える手でアレクシウスの袖を押さえた。「少し冷静になられたころにまた来ます。許されれば、ですが」

「それは当然だ」アレクシウスが信じられないくらい冷静に言う。何もなかったような口ぶりだ。「この家に歓迎してもらえないのは僕のほうだ」

「結婚する気がないのなら、アレクシウスと行動をともにするのは許さん」ソクラテスが鋭く言う。

ロージーは、祖父の怒った不満げな顔と、いい気味というような勝ち誇った伯母の顔とを交互に見て、今日はもうこれで十分だと判断した。「私は自分のことは自分で決めますし、アレクシウスを信頼しています」静かな口調だった。

「なぜちゃんと説明しなかったの？」車に乗ると、ロージーはアレクシウスに尋ねた。

「僕はソクラテスを尊敬している。彼の言うことはもっともだ。僕が女好きなのは事実だし、君に対しても自制しなければいけなかったんだ」だがアレクシウスは、彼を助けようと果敢にソクラテスとの間に割ってはいり、弁護してくれたロージーに感銘を受け、面白がってもいた。ソクラテス以外の相手になら、僕は絶対に黙っていなかっただろうが、ロージーはそんなことは知らないのだろう。

「私が口出しするべきではなかったんでしょうけど」まるで彼女が無力で思考能力さえな

いかのように、ひたすらすべての責めを引き受けようとするアレクシウスの態度に、彼女は腹を立てていた。

「いや、君を望んだのは僕だ。僕は後先を考えずに、欲しいものを手に入れることに慣れている」アレクシウスはあいまいに言ってため息をついた。「あの批判にはとても反論できなかった」

「妊娠のことはもう少し黙っているほうがいいと言ったのに、早々に話すからよ」もう少し人の忠告を聞けばいいのに、と思ってロージーはため息をついた。

「名付け親に嘘はつきたくなかった」

「伯母さまは喜んでいたみたいね。ああいう人だと、最初から言っておいてくれたらよかったのに」

「君に先入観を与えたくなかったんだ。僕の家族ではないからね。ソクラテスは寛大で心の温かい人だが、短気なのが欠点だ。君とあんな別れ方をして、今ごろきっと後悔しているだろう。頭が古いのは知っていたが、あれほど怒るとは思わなかった」

アレクシウスとロージーは再び空港に着いた。カメラを持ち、口々に何かを叫ぶ大勢の人の姿を見て、ロージーは仰天し、アレクシウスの後ろで小さくなった。そんな二人に向けてフラッシュが光る。警備員が人波をかきわけ、二人のために道を作った。

「あれは誰だ？　アドリアナ・レスリーじゃないぞ」

パパラッチってこういう人たちのことを言うんだわ、とロージーは今さらのように考えた。アレクシウスは唇を引き結び、ロージーの先に立って周囲の視線を浴びながら建物の中を歩いていった。

報道陣はますますふくれあがり、アレクシウスのボディガードだけでは対処できなくなって、空港の警備員たちも駆けつけてきた。どうやらアレクシウスはギリシアでは有名人らしい。ロージーにもやっと、この騒ぎのもとがどこの誰ともわからない自分だと理解できた。それにしてもアドリアナというのは誰だろう。ガールフレンド？　自分がいかに彼のことを知らないか、ロージーは思い知らされていた。

「悪かった」ヘリコプターにやっと乗りこみ、パパラッチに囲まれたショックでまだ唖然《あぜん》としているロージーに、彼は言った。二人に続いてバスケットに入ったバスが運びこまれる。

「しょっちゅうあんなことがあるの？」震えながらロージーは尋ねた。

「ああ」

「なぜみんな私が誰だか知りたがっているの？」

「君が僕の自家用機で到着したのを見た誰かが、情報をもらしたんだろう。僕は女性を乗せたことがほとんどないから」彼はこんなことに慣れきっているのだろう。ぶっきらぼうな短い返事が返ってきた。だが、本当のところ、アレクシウスはパパラッチにひどく立腹していた。妊娠中のロージーをおびえさせるなど、とんでもない。できれば抱きしめて守ってやりたかったが、ますます騒ぎが大きくなるのがわかっていたのでそれもできなかった。

「これからどこに行くの？」バスケットに入ったバスの耳をなでて、ロージーは大きなあくびをした。

「邪魔な連中がいない場所だ」仕立てのいい上着の下で、彼は肩の力を抜き、長くたくましい脚を広げた。

あまりにいろいろなことがあったせいか、ロージーは急に眠気を覚えた。月に連れていくと言われても異議を唱えなかっただろうが、彼のせいで人生がすっかりおかしくされたことは十分自覚していた。締めつけるハイヒールの中で指を曲げ、着ているドレスの高価な布地をそっとなでると、彼女は座席に頭をもたせかけた。今日一日は王女さまのような扱いをされたけど、どんなに着飾っても私は私。とてもお金持ちと付き合える身分ではない。自分が彼にふさわしくないところを挙げていくうちに、ロージーはいつの間にか眠っていた。

寝てしまった彼女を見て、アレクシウスは笑いだしそうになった。彼の目の前で寝てしまった女性は初めてだ。そもそも女性と一晩中一緒にいたことがないし、どの女性も僕に気に入られたくて、一緒のときは一瞬も気をゆるめない。ロージーは今までのどの女性とも違うようだ。彼はぼんやりと考えた。有名人に憧れるグルーピーのようでもないし、喜ばせようとして特に何かをするわけでもない。彼を怖がらず、へつらうこともなく、同等の相手として扱うロージーを、彼は好ましく思い始めていた。

ロージーが目覚めたのは、ヘリコプターが着陸してからだった。外は暗く、月が大きな白い家を照らしだしている。映画でしか見たことのないような豪邸が目の前にあることが信じられず、ロージーはまばたきをした。「ここはどこ?」

「バノスという島だ。僕が育った場所だ」制服を着た男性が、芝生を踏んで二人の荷物を運びこもうとしているのが見えた。

「島……お城みたいな家」突然自分の乱れた髪やしわだらけの服が気になり始めた。だらしのないところを彼に見られただろうか。学校で旅行に行ったとき、同級生にいびきをかいていたと言われたことがあるけれど、いびきをかいたりしなかっただろうか。

「バスを出してあげてもいいかな?」バスが鼻を鳴らし、バスケットの扉を引っかいているのに気づいたアレクシウスが言った。

ロージーが扉を開けてやると、バスはよろよろと出てきて三本の脚でバランスを取ろうとした。

「気の毒に。いつになったらこれが取れるんだ?」

「あと一カ月ですって」白い壁の、円柱で支えられた優美な長いベランダのある家に、つい見とれそうになるのをロージーは我慢した。「今にもスカーレット・オハラが出てきそうだわ」

「アメリカ南部の大農園の家を模して一九三〇年代に祖母のために建てられた家だ」

それほどの特権階級なのだわ。大理石を敷きつめたホールやクリスタルのシャンデリア、広い階段やブロンズ像、金色に光る家具などがそのことを十二分に示していた。まるでどこかの博物館に来たようで、こんなところに実際に住んでいる人がいるとはとても思えなかった。スタッフが何人か現れた。

「ロージー、この家を取り仕切ってくれているオリンピアだ。二階に案内してもらうといい」

小太りの中年のその女性はロージーの先に立って豪華な階段を上がり、両開きのドアを開けた。見たこともないほど広い部屋には、手描きで装飾した絹の天蓋がかかったベッドがあり、美しいラグがいくつも敷かれていた。ロージーは踏むのも悪い気がしてラグを避けて歩きながら化粧室やバスルームをのぞき、内心で感嘆の声をもらした。こんな豪華な部屋に泊めてもらっていいのだろうか。こんな家に住むアレクシウスは、私のあの下宿を見てどう思っただろう。彼が怖《お》じ気《け》づかなかったことをありがたく思っている自分に気づいて、ロージーは内心驚いていた。メイドがロージーのスーツケースを持ってきて、早速服を出し、衣装部屋にかけ始めた。他人にかしずかれた経験のない彼女は、いたたまれなくなってバスルームに逃げこみ、眠ったせいでにじんでしまったアイメイクを落としてからシャワーを浴びた。温かなシャワーにほっと一息つき、そこにあったバスローブを着て部屋に戻ると、ありがたいことにメイドはいなくなっていた。ロージーは改めて前日届いたたくさんの服を点検し、引き出しから青いネグリジェを取りだして着たが、小柄なロージーには大きすぎて裾が床に余ってしまった。そのときドアがノックされ、別のメイドが食事を運んできた。

ロージーは飢えたように、よい香りを放つ食べ物を口に運んだ。食後に鏡の前に立ち、横から点検してみたがおなかはまだ平らで、妊娠の兆候は見えない。ただこれまで平らだった胸が明らかにふくらんでいて、ロージーを喜ばせた。妊娠初期は疲労感が強いと聞くが、確かにひどく疲れている。彼女はベッドに入ると、眠るのもあのぼんやりした塊、いえ、赤ちゃんのためだわと言いわけした。ひどい表現だけれど、彼は少なくとも嘘を言ったり、ごまかしたりはしなかった。こんな部屋に泊めてもらうのは気が引けるけれど、これだけの豪邸なのだから彼は別になんとも思っていないのだろう。気にすることなんかないわ。でもなぜ私はこうアレクシウスのことばかり考えてしまうのだろう。恋するティーンエージャーみたいに。彼は今、何をしているのだろう、何を考えているのだろうか。それに、アドリアナって誰？　それを彼にきく勇気が私にあるかしら。私には問いただす権利なんかない。思い悩む自分が腹立たしかった。さまざまな考えが頭の中を巡り、眠いのに寝つかれなかった。

午前二時。ロージーは時間つぶしに置いてあった雑誌をめくるのにもすっかり飽きてしまい、テレビをつけてみたが、英語で放送しているチャンネルはなかった。仕方なくベッドから出ると、なんだかまだおなかがすいていた。あんなに食べたのにと思うが、空腹は事実だった。小さな体に似合わない大きないびきをかくバスは、まだラグの上で眠りこんでいる。一緒に下に連れていったら誰かに吠《ほ》えかかってみんなを起こすかもしれないと思ったので、ロージーは犬を残して一人部屋を出た。

さっきスタッフがホールに現れた扉を開けてみると、そこはどうやら地下のキッチンに通じているようだった。キッチンとはいえ、ホテルのキッチンほどの広さがある。アレクシウスはここにお客さまを招くのだろうか。正装のディナーパーティーをしたり、ときには週末に大騒ぎをすることもあるのだろうか。最初に会ったときは堅苦しい、取っつきにくい人に見えたけれど、ベッドの中では全然違っていて、彼は驚くほど情熱的だった。それを思いだしてロージーは熱くなった頰に両手を押しあてた。「だめ、だめよ。思いださないで。これ以上私をいじめないで」彼女は自分に言い聞かせるようにひとりごとをつぶやいた。

「君が誰にいじめられているって?」その声とともに、アレクシウスがドア口にゆっくりと姿を現した。

8

アレクシウスが明かりをつけたので、ロージーは驚いて振り返った。薄いブルーのネグリジェがその細い体に張りついている。「あなたも眠れないの？」

「ああ」巨大な両開きの冷蔵庫から冷製肉《コールドミート》を出し、口に運んでいるロージーを、彼はじっと見守った。「ずいぶんおなかがすいているようだね」

ロージーは赤くなったが、口に食べ物が入っていて何も話せず、うなずくことしかできなかった。黙って口を動かしながら、ジーンズをはいただけで上半身裸のアレクシウスの性的魅力にあふれる姿を堪能する。金色の肌とたくましい胸の筋肉を見て、ロージーは息をのんだ。彼を求める気持ちが体を貫く。伸びたひげが彼の顎に陰を作り、官能的な口元を描きだしている。彼への思いを食べ物に置きかえるように、彼女は次にチーズに手を伸ばした。

「夕食は食べたんだろう？」

ロージーは喉元まで赤くなってうなずく。

「妊娠しているせいだろう」アレクシウスはゆったりした口調で言うと、月の光を思わせる金色の髪に縁どられたロージーの赤らんだ顔を見た。彼もまた、ロージーを求める気持ちが増すのを感じていた。ロージーが欲しくて、体が痛いほどだった。自分にこれほどまでに原始的な欲望があることを、彼は初めて思い知らされていた。

「赤ちゃんは蛋白質《たんぱく》が好きみたい」

「なぜひとりごとを言っていたんだ？」

ロージーはやっと冷蔵庫のドアを閉めた。「頭に浮かんだことを口にしていただけ。私、どうしても眠れなくて……」

猫を思わせるしなやかな身のこなしで、アレクシウスはロージーに近づいた。「もしかして僕のことを考えて？」

ロージーは緑の瞳に軽蔑をたたえて彼を見た。「どうして私があなたのことなんか考えるの？」

「僕だって同じだ。どうして僕が君のことなんか考える？」アレクシウスは応酬した。彼にとって新鮮な会話だった。女性に自分の気持ちや考えを話して聞かせたことは、これまでに一度もなかったからだ。

「もしかして私のことでストレスを感じている？」ロージーはからかうように言った。このままずっと彼を見ていたいし、数時間そばにいなかっただけで大切なものをなくしたような気分だが、そんなことではだめと言い聞かせ、思考能力を取り戻そうと努める。

「ああ……君は本当にきれいだ、いとしい人《メリ・ムー》」

声に出して笑いそうになったロージーだが、彼の目は無言で本気だと語っていた。それに気づいた瞬間、ロージーの胸に感謝の念がこみあげてきた。二人はときを忘れたように長い間視線を交わし続けた。やがてロージーの鼓動が速くなった。手首がつかまれ、優しく引きよせられた。私の思考能力――ロージーは心の中で叫んだ。今や心臓の動きは特急列車のように速くなっている。思考能力、戻ってきて。彼の両手がウエストにかかり、体を持ちあげた。もうこれ以上待てないと言わんばかりの性急さで唇が合わせられた。待ちきれない思いは二人のどちらにも共通していた。ロージーは彼を味わったが、どれほど味わっても満たされることがないように思えた。だめ、こんなことをしてはだめ。やっと戻ってきた理性が告げている。もう黙って、とロージーは理性の声を退け、豊かな黒い髪に指を差しいれて体をぴったりと彼に寄り添わせた。全身が期待感で震えてどうすることもできないまま、ロージーはキスを続けた。下腹部の中心に芽生えたほてりが募り、これから来る嵐の予感のように全身に広がっていく。

「あの夜から、君のことが忘れられない。毎晩君を求めて寝られない」アレクシウスはドアを開けるとロージーを階段のほうに導いた。

「それは文句を言っているの？」キスのせいではれた唇でロージーは尋ねた。ずっと電話さえなく、妊娠を知らされて驚いたはずの彼がそれほど自分を求めていると知って心が躍ったが、その一方で、もっと大切なことを考えるべきなのにという思いが脳裏をよぎった。

「いや、違う。君は僕に生きていると実感させてくれた。何年もなかったことだ」アレクシウスはロージーの体をしっかりと抱えて、二段とばしで階段を上がった。「それがうれしいんだ。君に触れていないと寂しくて仕方がない」

その言葉にロージーはびくりとし、不安になった。「いけないわ、こんなことをしては」

「まだ何もしていない」

ロージーは彼の燃える瞳を受けとめながら、形のいい唇をそっとなぞった。自分の思いが一方通行ではないとわかって、幸せな気持ちだった。一緒にいられなくて寂しくて、なんとかその気持ちを振り払おうとしていたのは、私だけではなかった。そばにいるとどうしても触れたくなる——アレクシウスの満たされない気持ちが、ロージーにはよくわかる。彼がまたキスをしてきた。舌先が触れあうと、世界がめくるめく勢いでまわりだすようだった。ロージーは自分の部屋のベッドよりもさらに大きなベッドに、投げだすように横たえられた。力強い、圧倒的な魅力をたたえた体の感触を失ったとたん、ロージーは彼に尋ねたかったことを思いだした。

「アドリアナって、誰？」

ジーンズを脱ぎかけていたアレクシウスは驚いた顔でロージーを見た。「何カ月も前に

彼女はさらに尋ねた。

「本気ではなかったの？」絶望的な気持ちになりながら、彼女はさらに尋ねた。

ベッドをともにした相手だ」

「僕は本気で女性を好きになったりしない」

そんな考えの男性に会うのは初めてではなかった。過去にデートをした相手の中には、結婚は考えていないと付き合う前から宣言する男性もいた。お互いに相手のことをよく知らないうちに、友達としてしか付き合えないと決めつける男性を彼女はばかにしていたが、アレクシウスの口から同じ言葉が出ると平静ではいられなかった。「だったらなぜマスコミの人たちがその名前を連呼したのかしら？」しつこくきかずにはいられない。

「アドリアナが雑誌のインタビューで、僕らは遊びで付き合っているんじゃないと言ったからだろう。そんなふうに公言した女性は初めてではないが」ベッドに腰を下ろしたアレクシウスは、ブロンズ色の裸の神を思わせた。

「そうだったの。あなたの自尊心が太陽みたいに巨大なのも無理ないわね」ロージーは皮肉った。

アレクシウスは笑って緊張をごまかした。ロージーと話していると、思いもかけない展開になることが多すぎて先の予想がつかない。そんな女性は彼にとっては目新しかった。

「君はそう思っているのか？」

「ええ、もちろん」ロージーはゆったりとベッドに横たわった。なぜか自分がひどく魅力的な女性のような気になれるのは、アレクシウスの熱っぽい視線のせいだろう。こんなに好ましい女性はいないと言いたげな熱い視線を受けるのは、とてもいい気分だった。

「でも君はそれをいいと思わない。そうだね？」

「でも私を抱いて階段を上がったあなたのことはいいと思うわ」彼女は正直に言って、ブロンズ色の肩に手をかけ、その熱気と力強さを確かめた。

「君は子どもみたいに軽いんだね」

ロージーのきれいな唇の端が下がった。「今はそうでも、そのうち太って重くなるわ」

「歓迎だよ。そのほうがもっと君を楽しめる」アレクシウスは低い声で言うと、ロージーのネグリジェを頭の上までたくしあげてしまった。

「だめよ」彼女はあわてて両腕で胸を隠した。「初めからこうするのがあなたの計画だったの？」

アレクシウスはまた笑ったが、今度は慎重に言葉を選んだ。「こうなればいいと期待はしていた」

ロージーは首を振った。「嘘《うそ》。初めからこうするつもりだったんでしょう」

彼はロージーよりもうわてだった。返事の代わりにうっとりするような微笑を作り、ゆっくりと唇を重ねてくる。体の奥で変化が起こり、ロージーは思わず腰を上げて彼に押しつけずにいられなかった。アレクシウスはロージーの両腕を解き、小さなふくらみに顔を近づけると、彼の視線にさらされるだけですでに敏感になっているその先端を愛撫《あいぶ》し始めた。ロージーは身をよじった。どうしようもなく彼を迎えいれたくて、体の芯が熱くなってくる。そんなロージーを彼はじっと見つめていた。彼女はなんとか体を隠そうとしたが、その試みはあっけなく見破られ、ベッドの上で彼に体をさらすことになった。

「ずっとこうしたいと思っていた」アレクシウスはかすれた声で言い、ロージーの胸の間に置いた指先を下のほうへとまっすぐ動かしていった。指先が太腿にかかると、彼女は思わず息をつめないではいられなかった。だが指はさらに先へと進んだ。「君はすてきだ。待ったかいは十分にあった」

アレクシウスにこんなことを許している自分が信じられないまま、ロージーは身を震わせ、それでも彼に身を任せて横たわっていた。今になってやっと、自分がどれほどこのときを待ち望んでいたかが理解できた。もう先のことなどどうでもいい、彼に何か約束してもらいたいとも思わない。アレクシウスの指先であらゆる神経の先端が刺激され、それに反応して体が自動的に動き、痛みとは違うけれど、どこかそれに似た、我慢できないほどの喜びがロージーの体を切りさいた。その激しさにもまれて、腰をくねらせる。彼の胸板に押しつけられて胸のつぼみがこすれ、硬く張りつめる。指が侵入してくるとロージーは息をつめ、首をのけぞらせた。クライマックスが近づいてきているのがわかった。

「まだだ。待ってくれ」アレクシウスの瞳が熱をおびてきらめき、声はざらついていた。

「僕はずっと我慢していたんだから」

その言葉はロージーの興奮をさらに高めた。アレクシウスのたくましい体がかすかに震え、顎に力がこめられているのがわかる。

「待てないわ」ロージーは食いしばった歯の間から言い、枕の上で抵抗するように首を振った。全身が期待で張りつめている。

次の瞬間、待っていたことが訪れた。彼の存在をあますところなく自分の中に感じたロージーは、歓喜の波にさらわれた。

「痛みはないか？」アレクシウスが尋ね、顔を上げた。その黒い髪にはロージーの両手が差しこまれている。

「ええ、あまりのすばらしさに気にならない」彼の動きを感じて、ロージーはあえぎ声をもらした。

「君はすてきだ」彼の動きが大きくなるにつれて、ロージーは満足感と喜びに肌が粟立《あわだ》つのがわかった。彼の位置が変わるたびに熱い波が襲いかかり、ロージーを翻弄した。息ができず、何も考えられない。ロージーの意識にあるのはアレクシウスが生みだす原始的なリズムと、えもいわれぬ高揚感へと高まっていく、体が痙攣《けいれん》するような興奮だけだった。その二つの感覚がさざ波となり、体を満たした。目もくらむような喜びの瞬間、彼女は絶え間なくうめき声をあげ、すすり泣きの声をもらした。歓喜が押しよせ、体がとろけるような感覚が大波となってロージーをのみこんでいった。アレクシウスの体が震えるのが感じられ、息が速くなるのがわかった。熱い瞳でじっと見つめられたロージーは、胸が締めつけられるような気持ちになった。

体を離そうとした彼女を、アレクシウスは思わず抱きしめた。二人の体は熱く、汗ばんでいる。やがて彼は枕に身をもたせかけ、まだ強く抱いているロージーの眉にキスをして額に張りついた髪を手でどけた。その間も彼の視線はロージーから離れない。

「僕はもう、もう一度君を抱くことを考えている」絶望したような口ぶりで彼は言った。

「君が僕をそんなふうにさせる。前もだが、それ以上に今もよかったよ」

「そうなの？　あのとき私は眠ってしまったわ」

アレクシウスは身を起こしてベッドから出たが、ロージーにまわした腕を離そうとしない。「今夜は寝かせない」そのままロージーを浴室に運んだ彼は、シャワーの栓を開いて、抱きあったままの体に熱い湯をかけ始めた。「今夜は何度も、何度でも君を抱きたい」

「なぜ？」彼の言葉がロージーを大胆にさせた。

「君を求めて苦しい思いをするのはもうたくさんだ」うめくような答えが返ってきた。

さっきの余韻でまだ体を震わせながら、彼女は力を抜いてアレクシウスに寄りかかった。

「私は今、こうしてここにいるわ」

「離れないで、どこにも行かないでくれ」言ってしまってから、アレクシウスは自分の言葉にたじろいだ。なぜこんな気持ちになるのだろう。確かに欲望は感じている。だが、なぜロージーをずっと手元に置いておきたいのかわからない。「少なくともしばらくの間は」彼はそう付け加えた。

「あなたって、ときどきとても暴君になるのね」ロージーは大きな手で体にシャワージェルを塗られながら、ため息をもらした。その手がゆっくりと、からかうように、胸のつぼみをなで、まだ少しもふくらんでいない腹部にふれる。そのうち一度は静まっていた興奮がまた目覚めさせられ、体のどこもが敏感に反応し始めた。ロージーはそれが自分だけではないことを、彼の体に現れた変化で知った。アレクシウスはロージーの顔をあおむかせ、むさぼるように唇を押しつけると、濡《ぬ》れた体のままもう一度ベッドに運んだ。シーツで体を隠そうとするロージーの試みを笑い、彼は体を重ねてきた。最初のときは激しく、情熱的だったが、二度目はゆっくりと深く、信じられないほどの充足感を伴っていた。ロージーの体はいつまでも震えていた。

アレクシウスは半ば目を伏せるようにして、突然いらだちを覚えたようにそんな彼女を見おろした。主導権を持つのは自分のはずなのに、ロージーに気持ちを乱されたことが不満だったからだ。彼女が何を考えているのかわからず、女性が考えていることなど知ろうとも思わないが、ロージーといると彼女のことがわからない自分がなぜか腹立たしくなる。体は人生で最高のセックスに十分満たされていたが、腕の中にいるロージーの夢見るような顔やぼんやりと見開かれた瞳を見ていると、急にいらだちがわいてきて、体中の筋肉が緊張でこわばる気がした。この僕の何が不足だというんだ。今まで僕を拒んだ女性は一人としていないのに。あらゆる点で僕は女性を満足させられるはずなのに。

「僕はベッドをともにする相手としては申し分ないが、結婚相手としては不足なのか？」けだるげに行為の余韻を残すようにゆっくりと、だが気持ちは伝わるようにきっぱりと、彼はロージーに尋ねた。

めくるめく抱擁のあとの満ちたりた気分から突然現実に引き戻されて、ロージーはまばたきした。「そんなに簡単に言わないで」アレクシウスといると思考が麻痺《まひ》して、何も論理的に考えられない。頭が働くようになるまで、少し待つ必要があった。

「いや、簡単なことだ」アレクシウスは激しい口調で反論した。

そこに嘲笑を感じて、ロージーは身を硬くし、彼を押しのけて体を起こすと顔をしかめた。自分よりはるかに大きく、重い彼をはねのけるのは容易ではなかった。「あなたはさっき自分で言ったじゃない。女性に本気になることはないと。でも私にとって結婚はとても大切な誓約なのよ」

「君は別だよ。僕の子どもを産もうとしているんだから」彼は唐突に手を伸ばすとロージーの細い肩をもう一度枕に押しつけ、その腹部を広げた手で覆った。「ここにいるのは僕の子どもだ」

その乱暴な仕草と銀色の瞳をくすぶらせている怒りに当惑して、ロージーは身をよじって彼の手から逃れ、ネグリジェを拾って急いで身につけた。「だからといって、私を所有した気にならないで」

「いや、君は僕のものだ」反論したロージーを彼は突然怒鳴りつけた。「君がほかの男と付き合うのを、僕が黙って見ていると思ったら大間違いだ。僕はそんな男じゃない」

激昂《げっこう》するアレクシウスにおびえながらも、ロージーは反抗するように顎を上げて彼をにらみつけた。「確かにこの子はあなたの子よ。でも私の体はあなたの所有物じゃないわ。別世界に住むあなたには庶民のことはわからないだろうけど、妊娠したせいで私が将来結婚相手に巡りあえるチャンスはすごく少なくなってしまったわ」

「それがどうした？　君は僕のものだ。その事実を早く受けいれることだ」アレクシウスは声をきしらせて言った。彼に抱かれたばかりでぬくもりをまだ体に残すロージーが、ほかの男と結婚することを考えていると思うだけで許せなかった。

「私はあなたのものじゃない。誰のものでもありません」ロージーが宣言した。「自家用機を持っていたって、お金があったって、それを理由に私があなたと結婚したがると思わないで。私が結婚に、人生に求めているのはそんなものじゃない」

「じゃあ、君は僕に、結婚相手に、何を求めているんだ？」ロージーをまったく理解できないことにいらだち、アレクシウスは吐きすてるように尋ねた。

「感情、気持ちよ。なぜわからないの？」ロージーは信じられないように怒鳴り返してきた。「いくらお金があっても、何をくれても、ベッドでどんなにすてきでも、それだけでは不十分だわ」

アレクシウスはベッドから跳ねおきた。「冗談じゃない。この僕が十代の少年のように君に夢中になるのを期待しているのか？」彼は激怒して嘲るように言った。おとぎ話のような要求を平気で口にするロージーが信じられなかった。

「そうよ。それが私の夢よ」ロージーは顔を真っ赤にして言い返してきた。「愛でなくてもいいから、せめて思いやりと、寛大さと、親切心が欲しいの」

「僕に思いやりがないと言うのか。親切でなかったと非難するのか」アレクシウスは噛《か》みつくように言った。なぜ僕はこんな言いわけめいたことを彼女に言わなくてはいけないんだ。

ロージーは妊娠を告げたときからの彼の態度を思い返し、確かに彼は思いやりがあったし、親切にもしてくれたと認めたが、やはりそれだけでは結婚する気にはなれなかった。

「あなたは、子どもなんか欲しくないと言ったわ」

「僕が欲しいのは君だ」ぶっきらぼうに彼が言う。「子どもはその君についてくる付属物だと考えるようになった。そこから始めたっていいだろう？　君はそれでも不満なのか？」

厄介な荷物を抱えた自分を欲しいと彼が言ってくれたことはとても重要だし、彼の言葉を否定する気はなかったが、ロージーの心のどこかで何かが、アレクシウスとの——愛してくれない男性との結婚を拒んでいた。彼は認めないかもしれないが、巨大な富を所有しているという事実だけで条件は十分で、あらゆる障害はお金で解決できると信じている気がする。

「あなたにはよくしてもらって、感謝しているわ」さっきまであんなに近く感じていた彼の心が遠くに行ってしまうのが耐えられなくて、ロージーは思わず彼の怒りを静める言葉を口にしていた。「私のような貧しい育ちの者に」

アレクシウスの体から緊張が去り、視線が伏せられた。「そんなのは問題じゃない。君は僕がこれまで会った中で一番優しく、思いやりのある女性だ」

「今まで付き合った女性に、ずいぶん辛辣なのね」

「君はほかの女たちのように僕の金に関心を示さないし、僕を利用することも考えない。君といるのが好きだ。本当にそう思っている」彼はそっけなく言った。「でも、愛情はあげられない。僕にそんな感情はないんだ。これまでに誰かを愛したことは一度もない」

「一度も?」ロージーはショックを受けていた。

「女性と共有したのはセックスだけだ。面倒な感情などなかった。そして君とのセックスはこれまで付き合ったほかの誰よりもすばらしい」

ロージーは突然泣きたくなった。「それはいいことなのかもしれないけど」彼の告白に驚き、同時に奇妙な感動を覚えて、彼女は言った。アレクシウスという男性はロージーの心に、いくつもの相反する複雑な気持ちを生じさせる。

「僕にとっては本当にすごいことなんだ」アレクシウスが言い返した。

「そこが私たちの決定的な違いだわ」ロージーが悲しげに言う。「あなたにとってセックスは大事だろうけれど、私の中では順位が低いものなの。体の相性がいいからといって、結婚してうまくいくとは限らないわ」

唯一二人が互いに認めた結びつきをあっさり切りすてられ、アレクシウスは壁を拳で殴りたくなったが、無言で怒りを噛み殺すにとどめた。女性にこんなに怒りを覚えたのは初めてだし、ロージーに言い返す言葉が見つからないことがひどく悔しかった。どう言えば彼女を納得させられるのだろう。彼は歯並びのいい歯をぐっと噛みしめて言葉をのみこんだ。

一方、ロージーは自己弁護をするのをやめて、二人の間の距離を縮める努力を始めた。アレクシウスの首に腕を巻きつけ、怖い顔をしている彼の唇の端に唇を押しつける。「もう言い争いはしたくない」

「いや、君がそうしているんだ」

彼女はアレクシウスの上半身に片手をはわせ、たくましい体にうっとりと視線を投げて、できるだけ体をぴったり押しつけて仲直りの言葉をささやいた。「ベッドに戻りましょう」

アレクシウスはほっとした。彼にとって欲望は空気と同じくらい自然な、つねにあるものだった。欲望は正直だし、誤解の余地がない。彼はロージーの小さな手をさらに下へと導いた。

「前に君は言ったね、教えてもらえればと。覚えているかい?」ロージーがおずおずと細い指で触れるだけで、下半身がこわばるのが不思議だった。彼は経験こそ豊富だったが、ロージーのように何も知らない女性を相手にしたのは初めてだった。今までに経験した女性は、誰もが彼を楽しませようと心と技を傾けたが、ロージーのためらいがちな態度ほどアレクシウスを興奮させたものはなかった。口論の種を最初に作ったのは自分だとわかっているし、後悔してもいる。ロージーが怒った自分をなだめようとしているのはわかっているが、それでもうぶな彼女に気持ちをそそられずにはいられなかった。

ロージーは彼に素直に応じながらも、何が正しくて何が間違っているのだろうと考えていた。私が幸せならばそれでいいのではないだろうか。

翌朝目が覚めたときも、彼女は幸福だった。アレクシウスが手を伸ばせば届くところにいるのを見ると、とても安心する。眠っている彼の顔は起きているときよりも優しく見えた。驚くほど長く黒いまつげが頬に影を落としている。なんてハンサムで、力強くて、謎に満ちた人と彼女は考えた。彼の心に入りこんで中を見てみたい。なぜ彼がいつも人に打ち解けず、距離を置くのか知りたかった。何を隠しているのか見てみたい。難しいジグソーパズルを完成させて、彼の心を知りたかった。アレクシウスはロージーをひきつけてやまなかった。情熱に身を任せた一夜を過ごした今は、彼に対する自分の気持ちはすぐには変わらないように思えた。つらいけれど一方でそれは、満足感を伴う、心地よい心の痛みでもあった。ベッドの中の彼はすばらしかったけれど、終わったあとで抱きしめられていた時間が一番満ちたりていたと打ちあけたら、彼は侮辱されたと思うだろうか。体を寄せあい、彼のほほえみや笑いをすぐそばで感じている時間が、ロージーにとっては至福のときだった。

会って間がないのに、アレクシウスにこんなに心を支配されているのが怖い。そんなつもりはなかったのに、知らないうちに彼に心を盗まれてしまった。でもこんなにもあっけなく夢中になった相手に、愛してもらえる可能性はない。それははっきりわかっている。望めばどんな女性でも手に入れられる立場にいる彼に愛を求めるのは、レンガの壁に頭をぶつけるようなもの。アレクシウスには私が物珍しかっただけ。どこにでもいる、バージンの清掃作業員が。今はほかの女性とは違うと思われていても、その目新しさはいつまで彼をひきつける力を持つだろうか。だめ、気をつけないと、私は彼を喜ばせることだけに必死になってしまいそう。彼が笑ったりほほえんだりしてくれるだけで、幸せな気分になる。

二人は浜辺を見おろすベランダで、のんびりと朝食をとった。真っ白な砂浜に波が寄せ、空は抜けるように青い。そこからの眺めはすばらしかった。朝食前に案内された豪邸もそうだったが、家には人が暮らしている気配が感じられなかった。ロージーはどこかに家族の写真がないかと目を凝らした。

「うちはそういう家族じゃなかったからね」アレクシウスの言葉はそっけなかった。

「ここで過ごした子ども時代はすばらしかったでしょうね。海もすぐだし」

アレクシウスは何も言わず、気まずい沈黙がその場を支配した。

「いや、そうでもなかった。教育は十分受けさせてもらったし、世話もしてもらったけどね」ひどい扱いを受けていたと誤解されないように彼は言いそえた。「それより浜辺を散歩しないか」

散歩に出るとその話題は立ち消えになったが、そう仕向けることがアレクシウスの目的だったのだろうとロージーは思った。彼女が美しい景色に見とれていると、アレクシウスの携帯電話が鳴った。彼はギリシア語で話をしながらロージーにほほえみかけ、岩に寄りかかると話を続けながら手を差しだし、片腕で彼女の体を抱えこんだ。ベッドルームの外でもこんな態度を見せてくれるのは、自分で思っている以上に彼が私のことを気にかけてくれている証拠かもしれないとロージーは考え、アレクシウスのシャツに顔をうずめて頬を押しつけた。心を静めてくれる心臓の音が聞こえ、もうなじんだ香りが鼻孔をくすぐる。

腕に抱かれているだけで気持ちが休まった。私たちの結びつきはセックスだけではない。だって彼には今こうして私を抱いてくれる必要はないのだから。かなり長い会話が終わると、彼は電話を切った。

「今日の午後、君のおじいさんが来るそうだ」

ロージーの心は不安と喜びの間で引きさかれた。「なんのために?」

「君と仲直りがしたいらしい。なんといっても君は大切な孫娘だから」

「あなたと結婚するように圧力をかけられるのはいやだわ」ロージーは不安に駆られていた。「そのために来るのでなければいいけれど」

「僕はプロポーズを撤回するよ」アレクシウスは唐突に平然と言った。「君が言ったとおりだ。僕らが結婚する必要はない。すばらしいセックスを楽しむ関係が続けられれば、僕はそれで満足だ」

ロージーはその言葉を、想像していた平静さでは聞けなかった。結婚へのプレッシャーがなくなったのに、リラックスできるどころか金切り声をあげてアレクシウスをぶってやりたくなった。結婚の申し込みを撤回する? 満足している? 私は満足なんかしていない。彼はまた私をベッドに連れていけたから、それで心変わりをしたのだろうか。そんなおぞましい疑いが芽生えた。彼を必要とし、求めている一方で、自分の弱さがもたらすに違いない結末が恐ろしい。ロージーはそんなどっちつかずの状態に放りこまれた。どうすればいいのか先は少しも見えなかった。

ソクラテスはベランダの籐椅子《とういす》に座って、コーヒーと小さなペストリーを楽しんでいた。二階から、麻のズボンと鮮やかな青いシャツを着たロージーが下りてきて、おずおずとほほえんだ。「会いに来てくださってうれしいです」ロージーは正直に言った。

「いや、考えたら君もアレクシウスももう大人だ。干渉するべきではないとわかったんだ」老人はにっこりと笑った。「どうなるか横から見物して楽しませてもらうよ」

ロージーはテーブルに置かれたトレーから、冷たい飲み物を取って注《つ》いだ。「楽しむ？」

「そうだ。アレクシウスがこの島に女性を連れてくるのは初めてだ。ここは彼にとって隠れ家だからね。プライバシーを大切にする男だから」

「ええ、空港でパパラッチに囲まれたからよくわかります。二度と繰り返したくない経験でした」ロージーは顔をしかめてみせたが、内心はその話を聞いてほほえみたい気分だった。これまで彼が愛人たちを誰一人ここに連れてこなかったと知って、うれしかった。

「ここにいらしたことは？」

「これで二度目だ。最初は彼の両親の葬儀のときだった。この島の一族の墓地で眠っている」

ロージーは興味を覚えて身を乗りだした。「ご両親をご存じですか？　どんな方たちでした？」

「私よりもずっとエリートだったから、直接の付き合いはなかった」老人は言った。「私はアレクシウスのおじいさんと同級でね。その縁で名付け親になったんだ。あの子のご両親はとても裕福で、幼いころに家同士が決めて婚約させられ、若いときに結婚した。いわば政略結婚だな。後継者のアレクシウスが生まれると、両親はそれで義務は果たしたとばかりに別居した。離婚こそしなかったが、結婚していたとも言いがたい」

ロージーはうなずいた。「悲しい話ですね」

「一番の被害者は息子だ」ソクラテスは気の毒そうに言った。「母親は母性本能というものを持ちあわせず、アレクシウスの養育は住みこみの使用人にまかせっきりだった。彼は八歳になるとイギリスの寄宿学校に送られた」

「八歳？　家から離れるには若すぎるわ。でもそれで英語があんなに上手なんですね」初めて聞く話はロージーの心をとらえた。「子ども時代の話は一度も聞かせてもらっていません」

「私が話してあげよう」老人はクッションつきの椅子にもたれた。「商用でロンドンに行ったときのことだ。突然、その日がアレクシウスの十歳の誕生日だと思いだした。私は思いつくとすぐ行動するたちだし、しばらく会っていなかったのでプレゼントを買って突然学校を訪れたんだ。ところが寄宿舎の舎監は私に、アレクシウスが家族と疎遠なのを心配していると教えてくれた。手紙や電話もないし、両親はロンドンに来る機会があっても息子に面会に来ないという。夏はこの島で過ごしていたが、両親はどちらも留守で、使用人しかおらず、彼は好き放題をしていた。アレクシウスは普通の家庭がどんなものか知らない。一度も味わったことがないからだ」

ロージーは話を聞いて青ざめた。どんなに寂しい子ども時代だったのだろう。欲しいものはすべて与えられ、何不自由なく暮らしながら、親の愛情も、興味も、関心さえも向けられなかったなんて。「つらい思いをしたのでしょうね」

ソクラテスは太く濃い眉を片方上げた。「彼はそのことを認めないが、私はそれ以来、機会を見てはロンドンの彼を訪ねた。もちろん彼にも友人はたくさんいたし、その家庭に招かれることも多かった」

アレクシウスのそっけない、人を寄せつけない性格の背後にあるものを初めて少し理解したロージーは、黙って考えこんだ。私のように彼も、愛してくれるはずの家族に早くから裏切られ、疎外されていた。私と違って何不自由ない環境で育てられたけれど、それ以外は私と同じ思いを味わってきたのだ。

「ところで、アテネの私の家に来て、しばらく滞在してもらえないかな」ソクラテスは突然切りだした。「ぜひそうしてもらいたい」

ロージーは赤くなって体を硬くした。ここを離れたくないが、祖父が優しい人で、未婚のまま妊娠している自分を、家族として受けいれようとしてくれているのが今はよくわかる。

「アレクシウスと離れたくないか？」ソクラテスは興味津々で黒みをおびた瞳を輝かせた。「彼とはうまくいっているのかな？」

「ええ、今のところは。もう少し時間を共有したいと思っています」自分でも説明できない感情を口にする状況になったことに顔を赤らめ、ロージーは急いで言った。

「今すぐにとは言わない。ぜひうちに滞在してくれ。君をみんなに紹介するためにパーティーも開きたいし」ソクラテスは熱心に言った。「待っている」

「お心遣い、ありがとうございます」祖父に申し訳ないと思いながらロージーは答えた。もともとギリシアに来たのは祖父に会うためだったはずなのに、なぜアレクシウスが自分の幸福を左右する存在になってしまったのだろう。

　ソクラテス・セフェリスはゆっくりと頭を振った。「そんなに思っているのに、なぜ彼と結婚したくないのか、私にはわからないよ。だが君はもう大人だ。口出しはするまい」

　その話を終えると、彼は家族の問題をロージーに正直に打ちあけてくれた。妻の死後、母親を失った子どもたちを甘やかしすぎたと正直に告白する祖父の人柄に、ロージーは感銘を受けた。彼はアレクシウスにロージーに会いに行ってもらった経緯も話してくれた。アレクシウスが身分を偽ってロージーに近づいた話は、ソクラテスを面白がらせたようだ。

そこにアレクシウスが現れた。オープンネックのシャツとジーンズがたくましい体の線を強調していて、ロージーは思わず見とれずにはいられなかった。彼のあとから現れ、ロージーを見てちぎれそうに尾を振るバスを、彼女は抱きあげてソクラテスに紹介した。

「寝室に入りこんで僕の靴をかじっていたんだ」アレクシウスは不機嫌に言ったが、内心では足を噛まれなかっただけましだと思っていた。

「悪い癖なの。子犬のときにしつけられなかったから」

「君が甘やかすからいけないんだ」

「靴をかじったのは謝るわ。でも外の犬小屋で飼うようなことはしたくない」ロージーは言いはった。

ソクラテスが寸劇でも見るようにそのやりとりを楽しんでいるのに気づいて、ロージーは赤くなった。はた目からしても、私たちは不釣り合いな組み合わせに見えるのだろうか。彼は私とは比較にならないほどのお金持ちで、育ちもよくて、必死で勉強しないと大学に行けない私とは違って頭もいい。

夕食後、ロージーは楽しげに話している男性二人を見て、到着した日の喧嘩《けんか》が尾を引いていないようだとわかってほっとした。ソクラテスは迎えに来たヘリコプターで帰っていった。アレクシウスと並んで家に戻る途中、あいまいで中途半端な自分たちの関係がこれからどうなってしまうのだろうと考えて、ロージーは戸惑い、急に気弱になった。

「ソクラテスから家に招待されたのか?」アレクシウスは、少し日焼けしたロージーの落ちこんだ様子をじっと観察し、沈んだ口調で尋ねてきた。

彼女は髪を振って顔を上げ、アレクシウスの視線を避けて答えた。「ええ」

アレクシウスが緊張するのがわかった。「それで、なんと答えた?」

「もう少し待ってほしいと」そのたった一つの理由が、彼とベッドをともにしたいからなのは明らかだ。ロージーは自分がひどくふしだらな女のような気がした。

アレクシウスの形のいい唇に、力がこもるのがわかった。「それはよかった」

「でも、近いうちにそうするつもりよ」彼女はきっぱりと宣言した。いつまでも彼に負担をかけて島に滞在する気はないということを、はっきりさせたかったからだ。「あなたも仕事で出かけるだろうし」

アレクシウスは急に足を止め、厳しい顔つきになった。「僕はしばらく休暇を取る。アテネにはいつ行くつもりだ?」

「そうね、一週間ぐらいしてからかしら?」ロージーは彼の様子をうかがいながら、あいまいな返事を返した。「いつまでも待たせられないし、そもそもギリシアに来たのはおじいさまと一緒に過ごすためなのに、こうしてあなたの家に泊まっているんですもの」

アレクシウスは、少し日に焼けたふっくらしたロージーの唇をからかうように人差し指でなぞった。見あげた彼の目に魅了されたロージーは、またいつものもの、下腹部が熱くなる感覚を覚えた。「一週間は短すぎる、かわいい人《モラキ・ムー》」

「私たちのこんな関係は、先が見えないわ」

彼は、まわりをまわって吠《ほ》えたてるバスを無視して、不安げに言うロージーを抱きあげた。「これから僕らの行く先は見えている。ベッドだよ」

そう、彼が望んでいるのはセックスだけ。唇を押しつけられ、強く抱きしめられて全身に火がつくようになりながらも、ロージーは絶望的な思いになった。二人には、愛という感情が欠落したセックスという最低限の共通点しかない。でもそれでもかまわない。ほかの誰よりも彼と一緒に過ごしたいのだから。ロージーは自分を励ますように疑いや不安を振り払うと、そもそも彼が申しでた結婚を断ったのは自分なのだと心に言い聞かせた。いくら結婚しようと言ってもらっても、妊娠させたという責任感だけで妻にしてもらいたくない。そんな犠牲を払って結婚すれば、彼はいつか私を恨むことになるだろう。そう考えれば、今の私たちの関係のほうが低次元の結婚よりもずっと正直で本物だわ。ロージーは強く自分に言い含めた。一つ、よくわかったことがある。アレクシウス・スタブローラキスは何においても最高級のものしか求めず、安っぽい二級品は受けつけないのだと。

9

アレクシウスにいつ話そう――その思いはずっとロージーの頭の中を巡っていた。早く明日だと言わなければ。ソクラテスはすでにロージーのためにヘリコプターを手配し、週末にはパーティーを開くと決めて準備をしている。

アレクシウスもそれほど驚かないだろう。一週間ほどしたら、と言ってからもう二週間たつのだから。ついにロージーにアテネに行く決心をさせたのは、毎日のようにかかってくるソクラテスからの電話だった。彼は祖父であり、尊敬する人物であり、ロージーの幸福だけを案じてくれていた。必死になって守ろうとしても、アレクシウスと過ごす夢のような貴重な時間はしずくのように指の間から流れおち、失われていく。いつまでもこだわっていてはいけないとロージーは自戒した。私は大人なのだし、妊娠している。このまま流されるわけにはいかない。子どものためにも生活を立て直さなければ。おじいさまはそのきっかけを与えようとしてくれているのだ。今までアレクシウスと一緒にいたのは、ベッドでの情熱以上の感情を、彼ももしかしたら私に抱いてくれるのではという、はかない期待を持ったからだ。

でも悲しいことにそうはならなかったし、プロポーズを撤回すると言った日以来、彼は一度も結婚にふれていない。結局ロージー同様、結婚という選択肢を除外したのだろう。だがロージーは皮肉なことに彼と過ごすうちに、強い愛情で結ばれていなくても、結婚がうまくいくかもしれないと思うようになっていた。それほどアレクシウスはロージーによくしてくれた。こんなに丁重に扱われたことはなかったし、それが毎日繰り返された。

二人は島を歩きまわり、人のいないビーチで泳ぎ、村のこぢんまりとしたタベルナで食事をした。地元の漁師がアレクシウスに気軽に話しかけ、アレクシウスもそれを楽しんでいるようだった。島ではボディガードをつける必要もなく、彼は自由を楽しんでいた。釣りにも連れていってもらったが、ロージーは魚の匂いとボートの揺れに酔ってしまい、最初から最後まで気分が悪かった。その埋め合わせのつもりか、翌日彼はロージーをヘリコプターでロードス島に連れていってくれた。買い物に興味を示さず、中世の城壁都市やその歴史に目を輝かせるロージーにあきれながら、それでも好意的な視線を送っていた彼は、ロージーを無理に宝石店に連れていき、高価なダイヤモンドのペンダントを買ってくれようとした。それが喧嘩《けんか》の原因になった。

「僕が買ってあげたいんだからいいじゃないか」こんなに高いものはもらえないと言いはるロージーに、アレクシウスは怒ったように言った。「君は僕のベッドで眠り、僕の子どもを妊娠している。ただの知りあいじゃないんだ。いったい何が問題なんだ？　だいいち君が今身につけているものは下着から何から、全部僕が買ったものじゃないか」

直面したくなかった事実を突きつけられて、ロージーはコンクリートブロックで打ちのめされたように誇りを傷つけられ、困惑し、腹を立てた。意見がぶつかるとアレクシウスは容赦なく言葉で攻めたててくる。だが意外なことにその日、彼は謝ってきた。彼の言ったことは事実だから謝ったりしないだろうと思っていたロージーにとって、それは小さな慰めだった。

「金のことで君との間に隔たりができるのはいやだ」その夜、ベッドで激しく求めあったあと、彼はロージーをぴったりと抱きよせて言った。「でも君にプレゼントをするのは僕の楽しみなんだ。楽しみを奪わないでくれ。拒まれるのは好きじゃない」

彼と一緒にいると本当に幸せで、胸が痛くなる。彼のもとを去ってアテネの祖父の家に行けば、何事も中途半端を許さない性格のアレクシウスは、自分が拒まれたと感じるだろう。でも彼はこれからも一緒に住もうと言ってはくれない。そう言われたら喜んでイエスと言うのに、その言葉はなかった。島での滞在は彼にとって日常から離れた休暇でしかないようだが、ロージーにとってはそうではなかった。

ロージーは上着を取り、たたんでスーツケースに入れた。彼は自分を愛してほしいとは一度も言わない。逆に、私がひそかに愛していると知ったら、やめてくれと言うだろう。

バスのリードとおもちゃが一階にあるのを思いだした彼女は、それを取りに行った。いつものようにアレクシウスは午前中、館の中のオフィスで仕事をしていて、朝食後は顔を見ていなかった。テーブルの下から音の出るおもちゃを拾いあげていると、アレクシウスが現れた。

「今日はもう仕事はやめた」形のいい唇に微笑を浮かべてドア口にたたずむ彼の黒髪は乱れ、シャツの下は水着姿だった。そんな格好をしていても彼は見る者をどきりとさせるほどのエネルギーとオーラを発している。美しさに打たれて、ロージーは口の中が乾き、息がつまって胸が高鳴った。こんなにすてきな男性と人生をともにできるとは、とても思えなかった。ロージーは彼と会ってからずっと、決して手の届かない男性に手を伸ばしているような不安感を抱えている。

「そんなふうにしゃがみこんで何を探している?」

「バスのおもちゃよ」立ちあがったロージーは、思いをたたえた大きな緑の瞳を彼に向けた。明日、ここを去ったあと、どれほど彼を恋しく思うだろう。彼と離れることを思うと気持ちが沈んだ。

「そんなことは誰かにさせればいい」彼が人にやらせて済むことは一切自分でしない暮らしを当たり前と思っていることが、さりげない言葉に表れていた。彼の才能や時間はすべて仕事と、すばらしい愛人と過ごすことに向けられている。

愛人、と考えただけで胸の先がとがるのがわかった。妊娠して以来、胸が今までになく大きくなり、サンドレスがきつい。一時的な現象だとわかっているし、ウエストがなくなって息をつめてもスカートが入らないのは腹立たしいけれど、初めて人並みの胸になれたことをロージーは喜んでいた。アレクシウスが称賛してくれた体は否応《いやおう》なく失われつつある。そうなれば彼も今のような情熱を示さなくなるだろう。彼に求められなくなる前にここを去れば、少しはプライドが保てるのではないだろうか。愛してもらえないとわかっている男性を愛してしまったロージーには、今はプライドしか残されていなかった。

アレクシウスは、彼女がそわそわした様子で目を合わせようとしないのに気づいた。この二日間、何かがあると思っていたが、彼は自分からは何もきかなかった。どんな力関係においても、つねに上位に立つのが彼の方針だったからだ。ロージーの気持ちが沈んでいるのは明らかだった。普段のロージーはほかの誰より生活の中の小さなことに敏感で、それを大切にし、何をしても、何を見ても、生き生きとした喜びを隠さない。アレクシウスはそんな彼女に感嘆していた。夕日、おいしい食事、年老いた漁師が口にする下手なしゃれ――ロージーはどれにもほほえみ、笑う。陽気で、なんでもうれしがり、しかもこのところ彼の制限を受けいれて無理を言わなくなったロージーは、彼にとって理想の愛人だった。

「どうかしたのか?」アレクシウスは自分がそんな問いかけをしたことに驚いたが、それ以上に気になったのはロージーのおびえたような態度だった。ロージーの体調を気にし、妊婦の鬱病に関する本を暗い気持ちで読みおえた彼は、毎日ロージーを観察してそんな兆候がないかどうかチェックしていた。

二人で過ごす最後の日をぶち壊しにしたくなくて、ロージーはにっこりした。「いいえ、何も」

アレクシウスはロージーの肩にかかる長い髪をなで、今ではすっかりなじんだシャンプーの残り香を楽しんだ。緑の瞳を見おろす彼の脳裏に、彼女のさまざまな姿がよみがえる。船酔いする前にボートの上で髪を風になびかせて笑っていたロージー、不思議なものでも見るように自分を見ていた朝のベッドの中のロージー、いつも称賛の視線を向けてくるロージー、夢見るような瞳のロージー。僕は君に夢を売らない男だと、いつ気づくのだろう。僕には夢などいらない。今のままで満足だ。ロージーが腕の中に滑りこみ、唇を差しだすとそのまま時計を止めてしまいたくなる。

キスが上手なアレクシウスは、ロージーの息を奪い、彼の刺激にロージーの体が潤ってくるまで唇を離さなかった。彼女は熱い体をぴったり寄せ、彼の準備ができているのを確認して、うれしげにため息をついた。抱きあげて持ちあげられたロージーが笑う。バスはそんな二人のまわりを跳びはねながらついてきて、階段に来ると必死で注意をひこうとした。ギプスをしていて階段を上がれないのがわかっているからだ。

「悪いが今はだめだ」アレクシウスはバスに言いながら、もうロージーのスカートの中に片手を差しいれていた。自分に負けず劣らず、ロージーの体が彼を受けいれる体勢になっているのがわかった。こんな女性は初めてだった。いつでも、どこでも、一日のどんな時間でも、どんな気分のときでも、彼に触れられればロージーには彼を迎える準備ができていた。アレクシウスにとって、そんなロージーは願ってもないパートナーだった。

部屋の前まで来た彼は、ロージーにキスを続けていたせいでドアにぶつかり、よろけて半ば転げるようにして部屋に入った。ロージーはそれを見て小さく笑い、いとおしげにアレクシウスの頬を両手で挟むと銀色の瞳をのぞきこんだ。「あなたの目が好き。これ、前にも言ったかしら？」

「一度か二度、聞いたかもしれない」頬を染めた彼の視線が、ベッドの上に広げられたスーツケースに向けられた。次の瞬間、ロージーは乱暴にベッドの上に投げ落とされていた。

「これはなんだ？」

ロージーがはっと息をのむ。「今夜話そうと思っていたの。ソクラテスのヘリが明日の朝、私を迎えに来るわ」

アレクシウスの顔が見る見るこわばった。「それで、いつここに戻る？」

ロージーは立ちあがった。靴は階段の途中で脱げてしまっている。彼女はウエストまでめくれていたスカートの裾を、急いで手で払って下ろした。「ロンドンに帰るまで、おじいさまの家にいるわ。それが最初の約束ですもの」

アレクシウスは氷の塊のように凍りつき、銀色の瞳に暗い色をたたえた。「僕のもとを去るというんだな」

「そうじゃないわ。あなたにもわかっているはずよ。土曜日に、私を紹介するためにパーティーを開いてくださるの。もちろんあなたも来るわよね？」

「そんな話は初めて聞いた。もう一度きく。いつここに戻ってくるつもりだ？」

ロージーは深くゆっくりと息をついた。「いつまでも今の状態を続けることはできないわ」ぎこちない口調でつぶやく。どう言えばいいか必死に考えたが、適切な言葉が見つからなかった。

「なぜだ？」激しい口調で彼が尋ねた。

「将来の計画も立てないといけないし、この機会におじいさまのことを知っておかなければ。今まで私に心をかけてくれた親戚はいなかった。だからおじいさまは私にとってとても大切だし、もう先は長くなくて、一緒に過ごせる時間は限られているかもしれない」緑の瞳に困惑があふれている。「そうしなければ申し訳ないわ。これは私の義務よ。私を困らせることを言わないで」

「困らせるつもりはない。だがここを出ていくというなら、君とはこれっきりだ。子どもと君の生活費は払うが、僕のこれからの人生は君とは無関係だ」

「怒っているのはわかるし、もっと前に相談するべきだったとも思うけれど、そんなのフェアじゃないわ」ロージーは泣き叫んだ。パニックのせいで頭がくらくらし、胃が締めつけられて船酔いをしたときみたいに吐きそうだった。「アテネで会うことだってできるはずよ」

「アテネで一緒に眠れるか？　そうは思わない」アレクシウスは嘲笑するように言った。「ソクラテスの家に行ったら君は貞淑なバージンに逆戻りだ」

「妊娠しているのに？」ロージーは思わずばかにしたように笑わないではいられなかった。彼は結局私の体しか求めていないのだろうか。そう思うとひどく傷つけられた。「冗談にもならないわ。私たちは終わりだなんて、まさか本気で言ってないわよね」

「いや、本気だ」アレクシウスは張りつめた冷たい声で答えた。その表情には妥協を許さない決意が刻まれていた。「僕は心にもないようなことは言わない。許可なく君が出ていけば、僕らの関係はこれっきりだ」

「許可ではなく、同意でしょう？　そう思うし、そうであってほしいわ」うんざりしてロージーは言った。「私が何をするにも、あなたの許可は必要ないわ」

アレクシウスがロージーに向けたきらめく瞳には、敵意がくすぶっていた。「君の言うとおりだ。僕の許可は必要ない」

ロージーが求めているのは同意ではなく議論だ、と改めて思い知らされたのか、アレクシウスはそのまま部屋から出ていった。ロージーは突然見知らぬ場所で目覚めた夢遊病者のように、茫然《ぼうぜん》とベッドの端に座りこんだ。そう、この家は私にとって見知らぬ無縁の場所――生きたまま身を裂かれるような苦しさが襲ってくる。彼は本気で言ったのではない。そんなことはありえない。つい数分前まで愛しあおうとしていたのに、これっきり終わりだなんて。そんなはずがない。あんなふうに手のひらを返したようになれるなんて……。ありえない。

終わり。ロージーはその言葉の意味を味わうようにつぶやき、改めて体を震わせた。彼は怒っただけ。いつまでも怒っているはずがない。どう考えてもソクラテスに礼を尽くす義務があると思うけれど、アレクシウスにこんなに冷たくひどい仕打ちを受けて、心が真っ二つに張り裂けそうだった。彼は意地の悪いことを言っているだけ。欲しいものはすべて手に入れてきたから、私が思いどおりにならないのに腹を立てて脅迫しているのよ。私の一番痛いところを突いて――そう思うと悔しかった。ここで心を弱くしたら、彼の思う壺《つぼ》よ。私はそうはならない。彼に対抗して、闘ってみせる。そうしなければ。ちゃんと向きあえば、彼も理性を取り戻すはず。いいえ、取り戻してくれなければ困る。私は彼を愛しているのだから。あんな暴言を吐かれても、ひどいことをされても、愛する気持ちは変わらない。彼の気持ちを考えずに突然こんな宣言をしないで、もっとよく前もって地固めをし、これからどうするか話しあっておくべきだった。あんなふうに詰めかけのスーツケースを見せるのは、赤い布を振って牛を刺激するようなものだった。

終わり。彼が本気でそう言っているのだとしたらどうしよう。もちろん、これで終わりにしても彼にはなんの問題もない。泣くまいとしても閉じたまぶたから涙があふれてくる。泣いてはだめ。使用人をくびにするみたいに、あっさり別れを言い渡すような男に涙を流したりしない。私は強い。彼がいなくてもやっていける。彼がいなくても人生を楽しめるわ。今はとてもそうは思えないけれど、そんなのは甘ったるいばかげた考えだと、すぐにわかる。

10

「アレクシウスが来たわ」伯母のソフィアがさえずるようにロージーの耳元でささやいた。「言ったでしょう！　彼は父のパーティーに絶対に来るって」

ロージーはざわめきが起こっている部屋の遠くのほうに注意を向けた。人が群がっている中に、みんなより頭一つ背が高い、アレクシウスの黒い髪の尊大な顔が見える。彼女は口元に汗がにじむのを感じて、両手を固く握った。島を出てからちょうど一週間たつ。アレクシウスからの連絡は一度もなかった。ロージーは離れているためにありったけの意志の力を動員する必要があったが、そもそも彼が連絡してこないのに、なぜ私がこんな思いをしなければいけないのだろう、と考えずにいられなかった。私のプライドはどこにいってしまったの？「あの人たちは誰？」ロージーは好奇心を抑えきれなかった。

「アレクシウスはいつも人に取り囲まれるわ。仕事でも有力者だから、おこぼれにあずかろうとする人がたくさんいるの。もちろん女性も彼を放っておかないしね」ソフィアは意味ありげに笑う。

ソクラテスがパーティー会場に選んだのは、アテネにある彼の高級ホテルだった。ロージーはこれを着るつもりだと祖父に持参したドレスを見せたが、彼はどうしても新しいドレスを買わせてくれと言って聞かなかった。アレクシウスと別れて動揺していなければ、ロージーはたぶん祖父とともに過ごす一週間を楽しんだだろう。二人はソクラテスの家でくつろいだときを過ごし、ユーモアのセンスと、見えを張らず、実質を重んじる暮らし方という共通点を見つけて、次第に心を通わせた。

今夜、ロージーは日焼けした肌を引きたてる白いドレスを着て髪をアップにし、滝の流れを思わせる幾筋かの髪をわざと肩に垂らしていた。ドレスは大胆に肌を見せるデザインで、彼女は人目を意識せずにはいられなかった。いつものロージーなら決して選ばないのだが、買い物に付き合ってくれたソフィアに自分の趣味を主張するのは簡単ではなかった。元気がよすぎて舌鋒《ぜっぽう》が鋭いソフィアと、うまくやっていけるとは思えなかったけれど、ソフィアはロージーが到着して以来言葉を慎んでいたし、伯母の率直な意見はロージーにとって有益でもあり、ときには面白くもあった。ソフィアは社交界の人脈に詳しく、あらゆるスキャンダルや秘密を知っていた。この分では自分の妊娠も、伯母を介してとっくに知れ渡っているのだろうとロージーは考えた。

「あの人は？」人だかりが途切れたせいで、アレクシウスの腕にぶらさがるようにしている、体の線もあらわなブルーのミニドレスを着たブルネットの美女が見えた。ロージーは不安を覚え、口の中が乾いてきた。まるで父親の腕にすがる子どもみたい。ここに、私のおなかの中に、あなたの子どもがいるのに、あんなところを見せつけるなんて。

「ヤニーナ・デマス……〈デマス船舶〉の娘よ」ソフィアが威厳たっぷりに言う。「アレクシウスとは古い友達だけど、ニーナのほうはそれ以上の付き合いをしたがっているの。アレクシウスをじっと見てはだめよ、ロージー。男に簡単に手の内を見せたら負け。彼のようにもてる男の場合は特にね」

ロージーは青ざめて顔をそむけた。ぶたれたように頬に赤い血の色がさす。私の思っていることはそんなにわかりやすいのだろうか。アレクシウスにも私が何を考えているか、お見通しだったのだろうか。このところ満足に食べていないし、ずっと眠れなかった。電話もなく、彼も来ず、気持ちが落ちこんだまま、むなしく日々は過ぎていた。ロージーはなんとか感情をコントロールするので精一杯だった。一度は耐えられなくなって、ばかなまねはもうやめてと電話をしようとしたのだが、彼への思いを見透かされるようなことをしてはいけないと思いとどまった。古い友達？　ベッドをともにした仲、それともただの友達？　ニーナは彼だけが嵐の中の頼みの綱とでも言わんばかりに、アレクシウスにしがみついている。ロージーは二人のことを忘れようとして視線をそらし、ダンスを申しこんできた若い男性に微笑を向けた。

アレクシウスはロージーがダンスフロアに出ていくのを見ていた。彼が知っているロージーとはまるで別人だ。ドレスは彼が選んだ古風なものではなく、体の線があらわで肩がむきだしの、胸が見えそうな大胆なデザインだ。ミニのスカート部分には布製の花がいくつも縫いつけられている。ロージーなら選ばなかっただろう、飾りの多い女らしいそのドレスは、奇妙に彼女を引きたて、洗練された女性に見せていたが、皮肉にも同時に、アレクシウスがロージーには身につけてほしくないと思っている特徴を強調していた。

アレクシウスが好きなのはロージーの簡素なたたずまいで、派手なことや見えを嫌う性格だった。妊娠で大きくなった胸や、男の気持ちをそそるに違いない形のよい細い脚を人目にさらしてほしくはなかった。一週間前に別れを言い渡していなければすぐにでもフロアに出ていき、ロージーに自分の上着を着せかけて男たちのあからさまな視線をさえぎってやりたかった。彼女が注目を集めていることが気に入らない。しかも彼女は、男性たちを挑発するように、曲に合わせてこれ見よがしに細い腰を振っている。いったい何を考えているんだ？　アレクシウスはまつわりつくニーナに礼儀正しく愛想笑いを返しながら、胸の奥で怒りが煮えたぎるのを感じていた。

フロアから戻ったロージーに、ソフィアが話しかけてきた。「五分ほどいい？　父が二階のスイートに来てほしいって」

まだ息を弾ませながら、ロージーはエレベーターに乗りこみ、ソクラテス専用のスイートに向かった。もしかしたらパーティーの準備で張りきりすぎて、具合でも悪いのではないだろうか。ソクラテスは元来エネルギッシュに動くのが好きですべてを自分の手でやろうとし、そのせいで休息することが下手だ。スイートのドアが少し開いていたので、ロージーはそのまま中に入って部屋を見渡したが、人の気配はなかった。すぐにドアが大きく開かれ、アレクシウスがいらだった足取りで入ってきた。彼はロージーに気づいて立ちすくんだ。

「ソクラテスは？」

「まだ来ていないみたい」つい油断していたロージーは、濃いまつげに縁取られた水銀を思わせる瞳を正面から見てしまった。いつものことだが、彼を見ると口の中がからからに乾く。正装した彼はすばらしくすてきだった。白いシャツの襟と対照的なブロンズ色の肌が光り、力強い顔立ちの美しさが際立っている。だがそこには怒りのような緊張した表情もうかがえた。「あなたもここに呼ばれたの？」

「どうやら僕ら二人に話をさせるための策略らしい」アレクシウスは皮肉めいた微笑を浮かべてドアを閉めた。二人だけの気まずい空間ができあがった。

ロージーは身をこわばらせた。「あなたに言うことは何もないわ」

「僕には言いたいことがいくらでもある」アレクシウスは乱暴に言って、ぴったりしたドレスに包まれた細いロージーの体をじっと見ると、官能的な口元を軽蔑するようにゆがめた。ドレスの胸元から盛りあがる、すっかり大きさを増した胸を見た彼は、その先端にある果実を思いださずにはいられなかった。そのとたん、覚えのある感覚が下半身に芽生えた。「何を思って人前でそんな格好をするんだ？」

「そんなって、どんな？」ロージーは挑むように言ったが、すぐそばに立ちはだかる長身の男性に脅威を感じないではいられなかった。それと同時に、あえて忘れようとしていた光景が次々とよみがえってくる――あの手で、そして官能的な唇で、私の体に火をつけたアレクシウス。朝から夕方まで私の体を離さなかった、疲れを知らないアレクシウス。

「このドレスの何がいけないの？」

「妊娠している女性がそんなに肌を出すものじゃない」アレクシウスは容赦なく言う。

「下品だ」

「まだ妊娠しているのははた目にはわからないわ」もしかしてみんなにもおなかがふっくらしているのがわかるだろうか、本当にみっともないだろうか、と心配になりながらも、ロージーは激しく応酬する。

「だが妊娠しているのは事実だ」なぜか満足げに彼は言う。「妊婦があんなに激しいダンスをするのは無分別だ」

「あなたに何がわかって？」決めつけたように非難されて、ロージーは悔しくなって言い返した。「私たち一緒に踊ったことさえないわ、違う？　私たちの付き合いはそんなものだったのよ。ダンスをしたこともないし、ちゃんとデートしたこともない」

アレクシウスはいらだちを募らせた。「今になって、なぜそんなことを気にするんだ？」

「あなたなんか、大嫌い！」アレクシウスが少しもわかっていないのが悔しくて、彼女は思わず怒鳴った。「あなたはいつも自分のやり方を私に押しつけるんだわ。そんな権利はないのに。私が何を着ようと、何をしようと、あなたには関係ないわ」

「おなかの子どもは僕に大いに関係がある」彼は簡潔に言った。「それに君は僕を嫌ってなどいない」

「なぜそんなことを？　あなたは私を捨てたのよ！」ロージーは恨みをこめて激しい口調で言い返した。「私も、赤ちゃんも。それでいいと思っているの？　私を何度も抱いたあとで」

「お互いに楽しんだはずだ」アレクシウスはダイヤモンドを思わせるまなざしでロージーの唇を見つめながら、自信たっぷりに言った。

彼の鋭いまなざしに見つめられて体が反応し、脚の間がいつの間にか潤ってくる。ロージーは防御するように腿を固く閉じた。彼を求める思いが細い体を貫く。ロージーはそれに抵抗するように拳を固く握った。アレクシウスはロージーの心を読んだようにさりげなく手を伸ばし、彼女のウエストにまわして引きよせた。

「やめて！」ロージーは悲鳴のような声で叫んだ。別れた今、彼が望むとおりの反応を見せるのが怖かった。彼にそれを享受する権利はないはずだ。

かまわずに唇を重ねてきた彼のキスは、天国と地獄の味がした。体がもう一度生き返るような一気に押しよせる甘い陶酔は天国だったが、そんな自分の反応を抑制できない無力感は地獄だった。舌が差しこまれるとロージーは激しく震えだした。体が軽々と持ちあげられ、胸のふくらみががっしりしたたくましい胸板に強く押しつけられる。彼の手が短いスカートの中に入りこみ、ロージーの細い脚を自分のウエストに巻きつけさせた。

「一体なんのつもり?」力ずくで迫るアレクシウスと、それに逆らえない自分の弱さにくじけそうになりながら、ロージーは彼を非難した。

「君が欲しい。君も僕を求めている。それが一番大切なことで、それがすべてだ」アレクシウスはおびたロージーの唇に唇を重ねたまま、うめくように言った。「すぐに僕と家に帰ろう」

「私たちの関係はもう終わったのよ。自分でそう言ったじゃない」

「どうかしていたんだ」アレクシウスの声は怒りを含んでいた。「君が突然出ていくと宣言して、あっという間にいなくなってしまうから」

「下ろして!」すがりつきたくなる気持ちを振りほどこうとして、ロージーは怒鳴った。

「一週間前に私がここに来てから、電話さえくれなかったのに」

アレクシウスは何か考えるような目で、ロージーを見おろしている。「君からの電話を待っていた」

それは事実だった。少し時間がたって冷静になったら、ロージーはきっと電話をしてくると彼は信じていた。どんなことも彼に報告したがるおしゃべりなロージーが、いつまでも我慢できるとは思えなかったからだ。アレクシウスはロージーの沈黙をその不在と同じくらい恨めしく思った。

ロージーは力をふりしぼってアレクシウスから体を離し、長身の彼から滑りおりるようにして床に足をつけた。そのとき、当然ながら彼が興奮している印に気がついた彼女は、アレクシウスが望んでいるのはセックスだけなのだと歯噛《はが》みをする思いだった。緑の瞳に怒りをたたえて、彼女は彼から離れた。「今さら戻ってこいなんて、よく言えるわね」

「当然だ。あそこが、僕の家が、君のいるべき場所だからだ」

「何度も言うけど、あなたは私を捨てたのよ」その声は金切り声に近かった。

アレクシウスは声をあげるロージーを見て、顔をしかめた。「戻ってほしい。うちに帰ってくれ。僕の寝室に、僕のそばに」

「ありえないわ！」ロージーは大股でドアに近づいていくと、さっと開けた。「あなたは自分でチャンスをつぶしたんだから」

アレクシウスの怒りは頂点に達した。せっかく仲直りをするつもりで、話しあおうとして来たのに、一方的に言われたくはなかった。間違いを犯したのはお互いさまのはずだ。

廊下のエレベーターのドアが開き、ロージーの祖父が現れた。「アレクシウスと話したか?」

「じゃあ、初めから仕組んだことだったんですね?」ロージーはきいた。

「機嫌を損ねてふくれっ面をしたティーンエージャーみたいに、二人が部屋の端と端でにらみあっているのを見ていられなかったんでね」

「私たち、喧嘩《けんか》したんです」

アレクシウスはロージーの言葉を無視してソクラテスの前をすりぬけ、エレベーターに乗りこんだ。「いいから今夜のパーティーで僕らの婚約を発表してください。意見の食い違いは解決しますから」

「発表……何を? 婚約ですって? 気は確か? 私は話しあう気はないし、どうにもならないわ」ロージーは怒りに我を忘れて、彼のあとを追ってエレベーターに乗りこんだ。

「君に選択の余地を与えると言った覚えはない」アレクシウスは唇をきつく結んだ。

「こっちだってあなたの意見を聞く気なんかないわ。どうやって従わせるつもり?」

「いいかげんに黙るんだ。自分で何を言っているか、わかっていないだろう」

「あなたは私を捨てたのよ。大嫌い」ほぼ反射的にロージーが叫ぶのと、ドアが開くのが同時だった。

「じきに考えが変わるさ」アレクシウスはロージーに近づき、あっという間に両腕で抱きあげると軽々と一方の肩に担ぎあげて、動けないように腰を片手で押さえつけた。「一緒に帰るんだ」

「いや、絶対にいや。下ろして、すぐに」信じられない思いであえぐロージーを担ぎ、彼はみんなが目を丸くするのをよそに、堂々と玄関を抜けていく。恥ずかしさで真っ赤になったロージーは逆さまにされたまま、彼の広い背中を拳でたたき続けた。「アレックス、下ろして、今すぐに」

「僕が君の命令に従わないことは、とっくにわかっているはずだ。知ってのとおり僕は頑固だから、ためになる忠告にも耳を貸さない」

周囲で盛んにフラッシュが光り、あたりが明るくなって、にやついているたくさんの顔が浮かびあがった。ロージーはそれに気づいてぞっとした。

「アレックス」ショックで茫然《ぼうぜん》としながら、ロージーは泣きそうな声で彼の名を呼んだ。

彼は待ちうけていたリムジンの後部座席に注意深くロージーの体を押しこみ、乱暴に横に座ると、必死で体を起こして乱れた髪を直している彼女を余裕たっぷりに笑って見つめた。

「ひどい、こんなことをするなんて」ロージーは恨めしげに言った。

「ほかに手がなかったからだ。笑いものになるような写真が何枚か出まわったってかまうものか」彼の落ち着いた態度はロージーをさらに狼狽《ろうばい》させた。

「私をどうするつもり?」

「島に連れて帰る。二人だけでゆっくり喧嘩ができるところにね」

「私は帰りません」ロージーは頑固に言いはった。

「今度は空港で、わめいて足をばたつかせながら僕に運ばれたいのか?」アレクシウスはいらだったように言った。

「なぜこんなまねをするの?」

「君を説得する言葉が見つからないし、ときには言葉より行動が真実を雄弁に語るものだからさ」

「一度でも私を説得しようと努力した?」

「戻ってほしいって言ったじゃないか」

「あれが説得?」ロージーには信じられなかった。「人前でこんな醜態をさらさせたあなたを、絶対に許さないわ」

アレクシウスはその言葉を気にしていないふうを装い、空港に着くと、自分で車を降りて歩きだしたロージーに笑顔さえ見せた。衝撃のせいで怒りがなえたロージーは、必死に理性的になろうとしていた。公衆の面前で恥をかくのもいとわずに自分を連れ戻そうとしたアレクシウスに動揺する一方で、そんなに必死になってくれる彼には心を打たれるものがあった。ある意味で彼が言うように、おなかの子どものためにこれからどうするかについてちゃんと話しあう必要がある。〝ふくれっ面をしたティーンエージャー〟という祖父の的を射た表現を思いだし、ロージーは恥ずかしさに身もだえしたくなった。

ホテルでの騒ぎがもう伝わったのか、空港にはカメラの放列が待ちうけていた。残念ながら見世物は終わりよ。苦々しい思いで、ロージーはおとなしくアレクシウスの横を歩き、ヘリコプターに乗りこんだ。そのときになって彼女は大変なことを思いだした。「バスを置いてきてしまったわ！」

「いや、バスのことは先に手配済みだ」

ロージーは眉をひそめて彼の横顔をちらりと見た。「どういうこと？」

「バスと君の荷物はもう島に送り届けさせた」ロージーの瞳に不信感が広がるのを見ながら、アレクシウスは仕方なさそうに認めた。「僕は残念ながらロマンチックな人間ではないが実務には長《た》けている」

「バスは大丈夫だったの？」

「誘拐犯に挑みかかるみたいに、僕に歯をむいてうなっていたが、なんとかバスケットに入れた」ヘリコプターが島に近づくのがわかると、アレクシウスは一週間失っていた気力が戻るのを感じた。説得にふさわしい言葉は見つからないし、どんな態度を見せたらロージーに理解してもらえるかもわからないが、あきらめずに続ければ、いつか二人を隔てる障壁は乗り越えられると彼は信じていた。

ロージーは何も考えられなくなって、ずきずき痛む頭をヘッドレストにもたせかけた。

彼はなぜソクラテスに今夜婚約を発表してくれなどと言ったのだろう？　アレクシウスは本気で私の気持ちを変えさせて結婚する気でいるのだろうか。子どものために、〝すばらしい〟セックスの相手を求めているだけの彼と結婚しろということ？　それとも私は彼に多くを望みすぎているのだろうか。愛してほしいと頼まれたからといって愛せる人はいない。所詮、愛しているか、いないか、どちらかだ。私のこのドレスやパーティーでの態度を彼に批判される筋合いはない。なぜそんなことを気にするのだろう。もしかして、嫉妬していると思ってもいいのだろうか。

アレクシウスが嫉妬？　ロージーは一人苦笑した。私はヤニーナに嫉妬を覚えた。彼が女性と親しげにするのを見て、ナイフで切りさかれるような気がした。でも彼はヤニーナを会場に残してこうして私と島に帰ってきたのだから、嫉妬する必要はなかったのかもしれない。

たとえアレクシウスと結婚しなくても、彼は相手に不自由しないという事実をロージーが認めてから、数週間がたっている。結局彼女には二つの選択肢しかなかった。彼と結婚するか、彼を自由の身にするか。結婚しても彼が理想とはほど遠い夫になるのは目に見えているけれど、理想どおりの結婚生活を送れる女性がどれほどいるだろう。少なくともアレクシウスは私の理想の男性だわ。問題は私が彼の理想の女性でないことだ。だからこそ、私は愛されていない。最終的にロージーがたどりつくのはそこだったし、その事実からは決して逃れられなかった。彼の愛のない人生に耐えられるだろうか。彼がいない人生よりも、愛のない結婚生活のほうがいいだろうか。今はまだ彼が近くにいるけれど、彼がそばにいないのはどれほどみじめかわからない。

さまざまな思いのロージーを乗せたヘリコプターがバノス島に着いたのは夜中を過ぎていたが、邸宅にはこうこうと明かりがついていた。バスが吠《ほ》えながら走りでてきた。短いスカートを気にしてヘリから降りられずにいるロージーを見て彼は笑い、抱きあげて降ろしてくれた。ピンヒールで露に濡《ぬ》れた芝生を踏み、バスを抱きあげた彼女は、興奮してなめてくるバスを穏やかになだめながら家に入った。

「なぜこんなばかげたことをしたの?」不満と疑問をこめたロージーの声が、人のいないホールに響いた。「なぜ電話くらいくれなかったの?」叫ぶように彼女はアレクシウスに言った。

「電話して、なんと言えばいいかわからなかったからだ。もっと事態が深刻になって、君を本当に失うのが怖かったんだ」

その言葉がロージーの心を動かした。怖かった——思ってもみなかった言葉に、ロージーは彼の言い分を聞く気になった。

「君のいないこの家に耐えられなくて、何かしないではいられなかった」

ロージーは茫然としたまなざしを向けたまま、黙って彼について応接間に入った。「だからといってあんな極端な……」

「僕はそうは思わない。君がいない生活は死んでいるのと同じだ」

「私がいないのが寂しかったの？」驚きだった。

「もちろんだ。僕は石じゃない！」

「石かと思ったこともあるわ」足が痛くなったロージーはソファに座り、ピンヒールを脱ぎすててほっとため息をついた。寂しいのなら、なぜ電話をかけなかったのだろう。矛盾に満ちた複雑なアレクシウスは、素直で率直なロージーには理解しがたかった。

大理石のマントルピースの前に立つ彼の顔は、なぜか緊張していた。「戻ってくれ。結婚しよう」

「前にもあなたはそう言ったわ」ロージーは戸惑っていた。アレクシウスを求め、愛するようになった今、前のようにきっぱりと拒絶するのは難しかった。

アレクシウスはゆっくりと息を吐いた。「君とならいい家族になれると思う。君とおなかの子どもは僕の世界で一番大切な存在だ」

信じられなかった。「どうしてそんなことを」

「本当だよ」少し顔を赤らめて彼が言った。「嘘《うそ》偽りのない真実だ」

「いつ、そんなに気持ちが変わったの？」どうしても彼の気持ちを確かめたい。信じさせてほしかった。

「君がいなくなってわかった。なぜだかわからないけれど、会ったときから君の虜《とりこ》になった」

「本当にその気持ちはずっと変わらない？」

アレクシウスは顔を上げ、僕の負けだと言いたげな銀色の瞳をロージーに向けた。「君に会ってから一度もほかの女性には目を向けていない」

「今夜一緒にいたあの人は？」期待し、信じるのが怖かった。

「ニーナか。パーティーに同伴してくれと頼まれただけだ。ただの友人だ」

「本当にあれから私以外の誰ともベッドをともにしていない？」

「本当だ。僕には君しかいない」

期待に胸を高鳴らせ、頬をピンクに染めたロージーは、じっと彼を見た。「それなら、ずっと一緒にいてもいいわ」

アレクシウスはゆっくりうなずくと、ポケットから小さな箱を取りだした。「これをはめてほしい」

それは大粒のダイヤモンドの指輪だった。婚約を発表してほしいと彼はソクラテスに言ったけれど、こんな正式なプロポーズをしてもらえるとは思ってもいなかった。「本気なの？」ロージーは震える声で言うと指輪を取りだし、左手の薬指にはめた。「こんなことまでしてくれなくてもよかったのに」

「そんなことはない。今までは全部順序が違ったから、これからはきちんと手順を踏みたいんだ」

光る指輪をロージーはうっとりと見つめた。

「君がどれほど大切な存在か気づくのに時間がかかりすぎた。もう少しで君を失うところだった」

「アレックス、愛しているわ。ずっと前から」ロージーは初めて心の扉を開き、おごそかに告白した。「だから、私を失うのはそう簡単じゃないわ」

アレクシウスは座っていたロージーをすくいとるように抱きしめた。「君が必要だ。君のいない世界には耐えられない。これは愛だろうか？」

「それはあなたにしかわからないわ。でも私は、朝起きてあなたがいないととてもみじめな気持ちになる。この一週間、ずっとそうだった」

「そう、この一週間は僕にとっても地獄だった」彼はロージーの髪に手を差しいれて顔を上げさせ、喜びと称賛をこめて見おろした。「一刻も早く会いたかったのに、会うなり君とまた喧嘩になった」

「ええ、だってあなたは別の女性といたし」

「そのドレスを着た君はいつもの君じゃなかった。君が男の注目を集めているのがいやだった。こんな気持ちになったのは初めてだ。心が狭いと思われるだろうが、どうしようもない。ダンスの相手に君が笑いかけるのを見て、殺したくなったよ」

ロージーは笑ってうっとりと彼を見あげた。やっとアレクシウスが自分のものだという実感がわいてきた。それも、夢に見ていた以上の形で。「愛しているわ、アレックス」

「できるだけ早く結婚しよう。文句があるなら今すぐに言ってくれ」彼は真剣な口調で言った。

「あなたに従うわ。私はあなたに必要とされていて、大切にされている。そして赤ちゃんも」幸福感と期待がロージーの中で花開いた。

「僕らの子どもだ」アレクシウスはロージーのおなかに手を当てた。「ずいぶん大きくなった。僕の子どもがここにいると思うとセクシーな気分になる」

彼はロージーを抱きあげ、階段を上り始めた。「ちゃんとした父親になれるか、不安だな」

「私だって母親になるのは初めてよ」ロージーは彼の顎をそっとなでた。「一緒に学んでいけばいいわ。時間はたっぷりあるんですもの」

アレクシウスはロージーを大きなベッドにそっと横たえた。「愛している、これからもずっと。君と会えていなかったらと思うとぞっとする」

「でも、会えた」あふれる愛でアレクシウスを慰めたくて、ロージーは彼を引きよせた。

「こうして」

「もうずっと一緒だ。君は僕の囚《とら》われ人だ、愛する人《アガピ・ムー》。どんなことがあっても釈放は許されない」

「かまわない。あなたなしでは生きられないもの」ロージーのささやきを彼の唇が封じた。

エピローグ

　ロージーがバノス島の邸宅の階段を下りてくる。結婚後、大きな家はモダンで優美な、住みやすい住居に改装されていた。緑のドレスに身を包んだロージーは、かつてロシアの貴族のものだったというすばらしいダイヤモンドの首飾りとイヤリングをつけている。それは結婚一周年の贈り物だった。玄関ホールにはバスと一緒に小さな女の子が待っていた。「ママ、お姫さまみたい」カスマはスタブローラキス家の豊かな黒髪と母の緑の瞳を受けついだ美しい子だ。好奇心旺盛でいたずらで、ユーモアのセンスがあり、口が達者なところは両親両方からの遺伝だろう。「大おじいちゃまが応接間でおめかしして待ってるわ」

　ソクラテスは暖炉の前で飲み物を楽しんでいた。今夜はアレクシウスとロージーの結婚五周年を祝うパーティーが催される予定だった。ソクラテスの髪はすっかり白くなったが、かつての渋い顔には笑いじわが増え、手術以来健康状態も良好だ。今は仕事に復帰して後継者となるロージーを教育している。

　ロージーは妊娠五カ月でアレクシウスと結婚し、その後二人はロンドンに移り住んだ。

カスマが一歳になると、ロージーは予定していたとおり大学に行き、経営学科を卒業した。ロンドンに住んだのは彼女の学業を優先するためだった。卒業後、アレクシウスはロージーを自分の会社に迎えいれるつもりでいたが、数週間夫の下で仕事をしたロージーは、何かにつけて細かく指図する夫と同じ職場で働かないほうがいいと判断した。その代わりに祖父のもとでホテル経営に携わり始め、ソクラテスと仕事の上での相性がとてもいいことを発見した。

「とてもきれいだよ」ソクラテスが朗らかに言った。「私のおかげで結婚できたことを、二人に感謝してもらわないといけないな」

ロージーのきれいな眉が額の上の方まではねあがった。「どういう意味かしら？」

ソクラテスはからかうように笑って孫娘を見る。「最初にお前の写真を見たとき、亡くした妻に、おばあさんにそっくりだと思ったんだ。姿だけでなく心も受けついでくれていますようにと祈ったよ。アレクシウスには、買い物や社交にしか関心のない見かけだけ美しい女性ではなく、地に足がついた妻が必要だった。だからお前に会ってどんな女性か報告してくれと、彼に頼んだんだ」

ロージーは祖父がそんなたくらみのできる人だったことに驚き、ショックでただ彼を見つめるばかりだった。「本当にそんなことを？」

「思ったとおり、お似合いの夫婦になっただろう？　アレクシウスと結婚して幸せではないのかな?」満足げにソクラテスは言った。「幸せなら、リスクを取ったかいがあったというものだ」

ロージーはほほえみながらも、内心では到着が遅れているヘリコプターの音が聞こえるのを心待ちにしていた。アレクシウスを乗せたそのヘリコプターに続いて、客たちのヘリコプターが次々に到着することになっている。ヨットで来る予定の客もいた。

「飲み物はいらないのかい?」ソクラテスがきいた。

「ええ、まだ」その前にどうしてもアレクシウスに話しておきたいことがある。いざ子どもができると、彼は驚くほど父親であることを楽しみ、カスマにとって申し分のない父になった。これまで子どもが一人だけだったのは、あまりにも生活が忙しすぎたからだが、こうしてギリシアに居を移した今、暮らしも落ち着き始めている。これからは家族として、夫婦として過ごす時間も増えるだろう。夢見るような瞳になったロージーの耳にヘリコプターの音が聞こえてきた。

「早く行きなさい」もじもじしているロージーに祖父が言った。「私のことはいいから。彼はお前が走って出迎えてくれるのが何よりの楽しみだから」

ロージーはその言葉が終わるよりも早く、かつてのよさを保ちつつ改装されたベランダに走りだしていた。芝生に立って大型のヘリコプターが着陸し、アレクシウスが姿を見せるのを待つ。大柄で浅黒く、ハンサムな彼が、夫が、やはり待ちきれないようにヘリコプターから降りたつと、ロージーの心は幸福感に躍った。幸せな気持ちは微笑や笑いとともに、今のロージーの一部になっている。

「遅かったのね」うれしさを隠して、人生の光である夫にロージーは不満げに言った。

アレクシウスはからかうようにロージーを見た。「アテネを出る前に君へのプレゼントを取りに行かなければならなかったからね。今日の君はとても美しいよ、ミセス・スタブローラキス」

「そうよ、こんなに高価なドレスや、ダイヤモンドを身につけさせてもらっているんですもの」

「いつになったら君は僕のほめ言葉を素直に受けとるのかな？」彼はロージーをからかいながら階段を上がり、家に向かった。バスがいつものように吠《ほ》えたてて、彼のズボンに噛《か》みつこうとしている。

ソクラテスと、その膝に座っているカスマへの挨拶もそこそこに、アレクシウスは妻を二階の寝室に連れていき、息が止まるようなキスをして、許しを求めるように瞳をのぞきこんだ。

「だめよ、時間がないわ」すでに彼の求めに応じている体の兆候を振り払って、ロージーは言った。

アレクシウスは、何をして、誰に会い、どんな話をしてきたか、ロージーに報告しながら服を脱ぎ、シャワーを浴びた。結婚してからの彼は何事もロージーに話すようになっている。ロージーにとって結婚生活の毎日は、夫の愛の新たな発見だった。それはいたるところに顔を出してロージーを喜ばせた。

「結婚記念日、おめでとう、愛する人《アガピ・ムー》」正装したアレクシウスが言った。「プレゼントは階下《した》にある」

「あなたへのプレゼントはここに」ロージーは笑みをたたえておなかに手を触れた。

アレクシウスは目をしばたたいたが、すぐに意味を理解して銀色の瞳を輝かせた。「子どもか？」

「ええ」ロージーは誇らしげに言った。「まだおじいさまには話していないけど」

「君は最高の妻だよ」アレクシウスの目には彼の本心が宿っていた。

手に手を取って下りていくと、カスマとバスが玄関に置かれたバスケットの前で騒いでいた。

「君へのプレゼントだ」アレクシウスがかがんで扉を開けると、甲高い小さな声が聞こえた。

小さい真っ白なチワワの子犬が飛びだしてきて、これはなんだとばかりに近づいたバスを威嚇する。

「バスにも奥さんが必要だと思ってね」アレクシウスはからかうような笑みを浮かべ、子犬の勢いに怖《お》じ気《け》づいてテーブルの下に逃げたバスを見た。

ロージーは笑って夫に腕を巻きつけた。「私もあんなふうにあなたを追いつめたのかしら？」

「僕は互角に闘ったよ」アレクシウスは後ろにいる娘がふざけて唇を突きだし、キスのまねをするのを無視して、ロージーを抱きしめてキスをした。「愛しているよ、とても」

「私もよ」ロージーはつぶやいた。これから客が来てパーティーが始まり、終わらなければ夫と二人だけの愛の時間は持てないと思いながら。今もアレクシウスとの熱い関係は変わっていない。ロージーの胸はそのときを思い、期待と興奮にふくらんだ。

●本書は2013年8月に小社より刊行された作品を文庫化したものです。

シンデレラの出自
2025年3月1日発行　第1刷

著　者　　リン・グレアム

訳　者　　高木晶子（たかぎ　あきこ）

発行人　　鈴木幸辰

発行所　　株式会社ハーパーコリンズ・ジャパン
東京都千代田区大手町1-5-1
04-2951-2000（注文）
0570-008091（読者サービス係）

印刷・製本　中央精版印刷株式会社

定価はカバーに表示してあります。

2月28日
発売

ハーレクイン・シリーズ 3月5日刊

ハーレクイン・ロマンス
愛の激しさを知る

二人の富豪と結婚した無垢 ケイトリン・クルーズ／児玉みずうみ 訳
〈独身富豪の独占愛Ⅰ〉

大富豪は華麗なる花嫁泥棒 ロレイン・ホール／雪美月志音 訳
《純潔のシンデレラ》

ボスの愛人候補 ミランダ・リー／加納三由季 訳
《伝説の名作選》

何も知らない愛人 キャシー・ウィリアムズ／仁嶋いずる 訳
《伝説の名作選》

ハーレクイン・イマージュ
ピュアな思いに満たされる

捨てられた娘の愛の望み エイミー・ラッタン／堺谷ますみ 訳

ハートブレイカー シャーロット・ラム／長沢由美 訳
《至福の名作選》

ハーレクイン・マスターピース
世界に愛された作家たち
〜永久不滅の銘作コレクション〜

紳士で悪魔な大富豪 キャロル・モーティマー／三木たか子 訳
《キャロル・モーティマー・コレクション》

ハーレクイン・ヒストリカル・スペシャル
華やかなりし時代へ誘う

子爵と出自を知らぬ花嫁 キャサリン・ティンリー／さとう史緒 訳

伯爵との一夜 ルイーズ・アレン／古沢絵里 訳

ハーレクイン・プレゼンツ作家シリーズ別冊
魅惑のテーマが光る極上セレクション

鏡の家 イヴォンヌ・ウィタル／宮崎　彩 訳
《ハーレクイン・ロマンス・タイムマシン》

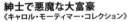

3月14日発売　ハーレクイン・シリーズ 3月20日刊

ハーレクイン・ロマンス　愛の激しさを知る

消えた家政婦は愛し子を想う　アビー・グリーン／飯塚あい 訳

君主と隠された小公子　カリー・アンソニー／森　未朝 訳

トップセクレタリー　アン・ウィール／松村和紀子 訳
《伝説の名作選》

蝶の館　サラ・クレイヴン／大沢　晶 訳
《伝説の名作選》

ハーレクイン・イマージュ　ピュアな思いに満たされる

スペイン富豪の疎遠な愛妻　ピッパ・ロスコー／日向由美 訳

秘密のハイランド・ベビー　アリソン・フレイザー／やまのまや 訳
《至福の名作選》

ハーレクイン・マスターピース　世界に愛された作家たち ～永久不滅の銘作コレクション～

さよならを告げぬ理由　ベティ・ニールズ／小泉まや 訳
《ベティ・ニールズ・コレクション》

ハーレクイン・プレゼンツ作家シリーズ別冊　魅惑のテーマが光る極上セレクション

天使に魅入られた大富豪　リン・グレアム／朝戸まり 訳
《リン・グレアム・ベスト・セレクション》

ハーレクイン・スペシャル・アンソロジー　小さな愛のドラマを花束にして…

大富豪の甘い独占愛　リン・グレアム他／山本みと他 訳
《スター作家傑作選》

大好評につき
2025年も
継続決定！

特別付録つき豪華装丁本

花嫁の願いごと一つ

The Bride's Only Wish

ダイアナ・パーマー　アン・ハンプソン

（PS-121）

必読！アン・ハンプソンの
自伝的エッセイ＆全作品リストが
巻末に！

ダイアナ・パーマーの感動長編ヒストリカル
『淡い輝きにゆれて』他、
英国の大作家アン・ハンプソンの
誘拐ロマンスの2話収録アンソロジー。

3/20刊

ハーレクイン文庫

「秘密の妹」

シャロン・サラ／琴葉かいら　訳

孤児のケイトに異母兄がいたことが判明。訳あって世間には兄の恋人と思われているが、年上の妖艶な大富豪ダミアンは略奪を楽しむように、若きケイトに誘惑を仕掛け…。

「すれ違い、めぐりあい」

エリザベス・パワー／鈴木けい　訳

シングルマザーのアニーの愛息が、大富豪で元上司ブラントと亡妻の子と取り違えられていた。彼女は相手の子を見て確信した。この子こそ、結婚前の彼と私の、一夜の証だわ！

「百万ドルの花嫁」

ロビン・ドナルド／平江まゆみ　訳

18 歳で富豪ケインの幼妻となったペトラ。伯父の借金のせいで夫に金目当てとなじられ、追い出された。8 年後、ケインから 100 万ドルを返せないなら再婚しろと迫られる。

「コテージに咲いたばら」

ベティ・ニールズ／寺田ちせ　訳

最愛の伯母を亡くし、路頭に迷ったカトリーナは日雇い労働を始める。ある日、伯母を診てくれたハンサムな医師グレンヴィルが、貧しい身なりのカトリーナを見かけ…。

「一人にさせないで」

シャロン・サラ／高木晶子　訳

捨て子だったピッパは家庭に強く憧れていたが、既婚者の社長ランダルに恋しそうになり、自ら退職。4 年後、彼を忘れようと別の人との結婚を決めた直後、彼と再会し…。

「結婚の過ち」

ジェイン・ポーター／村山汎子　訳

ミラノの富豪マルコと離婚したペイトンは、幼い娘たちを元夫に託すことにする――医師に告げられた病名から、自分の余命が長くないかもしれないと覚悟して。